놀멍 쉬멍 걸으멍

# 나의 제주 올레

놀멍 쉬멍 걸으멍

# 나의 제주 올레

(사)제주올레 엮음

북하우스

서문

# 치유의 길, 제주올레 10년을 돌아보며

– 서명숙(사단법인 제주올레 이사장)

대도시 서울로 유학을 떠난 뒤 그곳에서 기자생활을 23년간 하다가 산티아고 길을 걷기 위해 사표를 냈다. 그 길 800킬로미터를 걸으면서 뜻밖에도 떠나온 고향 제주, 잊었다고 생각했던 고향 제주를 만나고야 말았다. 바쁘고 힘든 서울 살이에 쫓기는 동안 기억의 지층 저 바닥에 매몰돼 있던 제주는 그렇게 내 의식을 뚫고 나왔다. '세상에서 가장 아름답고 평화로운 길을 내리라'는 각오로 제주도로 내려와서 제주올레 1코스를 낸 것은 2007년 9월이었다.

그로부터 10년의 세월이 흘렀다. 여러 사람들이 '아니 벌써'라고 말한다. 그러나 나는 '겨우 10년밖에 안 되었나?' 싶다. 올레 길을 낸 지 최소한 20, 30년은 흐른 것 같고 기자생활을 한 건 어쩌면 내 전생이 아니었을까 싶을 만큼 아련하다. 그만큼 올레 길을 통해서 얻은 보람이 컸고, 느낀 기쁨과 행복이 많았고, 시간의 밀도가 촘촘했기 때문일 것이다.

그 기쁨과 보람을 늘 짜릿하게 확인시켜준 건 나라에서 준 훈장도, 올레꾼들의 방문 숫자도, 경제 파급효과라는 수치도 아니었다. 그건 다름 아닌 올레 길 어느 오시록한 숲길에서, 가슴마저 뻥 뚫리게 만드는 바닷길에서, 올레꾼들의 거점인 제주올레 여행자센터에서 우연히 만난 올레꾼들이었다. 그들은 갖가지 자신들만의 사연을 풀어내면서 올레 길을 걸으면서 느낀 행복과 환희, 길이 자신의 인생에 가져다준 의미를 내게 들려주곤 했다.

26개 올레 길이 저마다 풍광이 다르고 오름의 들꽃들도 저만의 아름다움을 뽐내듯이 올레꾼들의 사연도 제각각이었다. 엄마의 손에 이끌려온 6살 소녀도, 아들의 끈질긴 설득에 못 이겨 79세에 올레 길 완주에 도전해서 4년 만에 그 목표를 이룬 83세의 노부인도 있었다. 이별을 하기 전 올레 길을 마지막으로 걸으러 내려온 오래된 연인도, 세상과 작별을 할 심산으로 제주도로 내려온 우울증 환자도 있었다. 행복한 종합병원 '올레'에서 그들은 스스로의 두 발로 스스로를 치유하고 이미 행복해진 채, 다른 이들을 향해 손을 내미는 기적을 보여주었다.

이전 책 『꼬닥꼬닥 걸어가는 이 길처럼』에서 몇몇 올레꾼의 이야기를 독자들에게 대신 전달하기도 했지만, 내가 직접 만나지 못한 올레꾼들도 많으리라는 생각에 늘 아쉬움이 있었다.

이 책 『놀멍 쉬멍 걸으멍-나의 제주올레』는 그 아쉬움을 달래줄 올레 10년의 또 다른 기록이다. 올 봄, 올레 길 사연 공모전에 응모해서 뽑힌 글들을 추려 모아 펼쳐냈다. 이 책을 통해 아름다운 자연 속을 걷는 단순한 행위가 첨단 문명과 속도에 시달리는 현대인들에게 얼마나 큰 위로를 주고, 놀라운 변화를 가져오는지를 부디 느끼게 되기를. 그리고 나아가 여러분도 그런 경험을 하게 되기를.

차례

part 3

## 다시 시작하는 삶, 도전은 아름다워라

part 4

## 길 위에서 새롭게 나를 보네

part 1

# 내 마음의 치유,<br>힐링의 길 위에서

# 올레 길이 내게 말하길 "수고했어요, 잘 살아왔어요."

문복례

딸아이가 조르고 졸랐다. 함께 제주도로 여행을 가자고 여러 날을 청하고 또 청하였지만 한사코 거절했다. 그 돈이면 얼마나 요긴한 곳에 쓸 수 있는지 설득하였지만 딸아이의 마음은 굳건하여 결국 마지못해 제주 가는 비행길에 올랐다. 여행이란 걸 언제 했나 아득한 기억을 더듬어보니 20년 만에 처음이었다. 바깥양반이 세상을 떠나고 홀로 가장이 되어 새벽부터 밤까지 주말도 없이 일을 했다. 남편이 1년 넘게 중환자실에서 투병생활을 한 터라 돈 한 푼이 귀하였고 설상가상 슬하의 두 아이 모두 중3, 고3의 수험생이라 아이들 진학 문제에다 당장 먹고살 걱정으로 지난 20년 동안 쫓기는 사람처럼 늘 바쁘게만 지냈다. 그렇게 지낸 세월은 내게 쉬지 않고 일해야 한다는 강박관념을 심어주었고 여행은 언감생심 꿈도 꾸지 못할 사치스러운 것으로 여겨져, 딸과 언성을 높이며 싸우다 좋지 못한 모양새로 여행길에 올랐다. 싫다고 했지만 막상 비행기가 날아오르자 내 마음은 난생처음 가보는 제주에 대한 기대로 부풀어 올랐고 가깝게 앉은 딸아이의 따스한 체온이 느껴져 기쁘고 즐거웠다. 공항에 도착하자 딸아이는 이미 마음먹은 곳이 있는 듯 성산으로 향하였다. 하룻밤 숙소에서 잠을 청하고 다음 날 일찍, 딸아이는 배를 타야 한다며 서둘렀다. 십분 남짓 배를 타고 들어가니 한적한 시골 마을, 흡사 어릴 적 살던 곳처럼 조용하고 아름다운 풍경이 펼쳐졌다.

"엄마, 이곳은 제주에서 가장 멋진 섬 우도래요! 제주에서 가장 아름다운 풍경이 숨어 있다고 하니까 우리 놀멍 쉬멍 다 찾아봐요."

어감이 재미나 낮은 목소리로 "놀멍 쉬멍"이라 읊조리니 딸아이는 '놀면서 쉬면서'라는 제주 방언이라고 설명하더니 가방에서 무언가를 꺼내놓았다. 예쁜 오렌지색 운동화 두 켤레! 딸아이는 우도 올레 길을 두 손 꼭 잡고 천천히 걸어보자며 내게 커플 모녀 운동화를 내밀었고, 그렇게 제주의 올레 길에 오르게 되었다. 위풍당당한 기세로 내려다보는 높은 빌딩 하나 없이 어깨 높이의 야트막한 돌담은 고향 마을인 듯 정겹고, 우도의 풀숲과 좁다란 길들은 오염된 공기 속에서 오랫동안 버텨온 답답했던 숨통을 터주는 듯 청량감을 주었다. 약간 경사가 있는 오름을 오르려니 예순 살의 나에겐 마음처럼 쉽지 않아 딸아이 손을 꼭 잡고 함께 오르게 되었다.

'그래! 놀멍 쉬멍! 욕심 내지 말고 천천히!'

일생을 쫓기듯 바쁘게 살아왔던 나는 어느덧 놀멍 쉬멍 제주의 긍정적인 마인드를 떠올리며 조급한 마음을 내려놓았다. 너른 들판에서 한가로이 풀을 뜯고 있는 말들을 보니 마치 엄마 품인 듯 포근한 마음마저 들었다. 검푸른 돌담과 땅콩이 자라는 밭둑 올레를 멋진 우도 풍경과 함께 걷다 보니 어느덧 순식간에 지나간 나의 육십 인생이 자꾸만 떠올랐다.

단풍 든 숲속에 두 갈래 길이 있었습니다.
나는 두 길을 다 가지 못하는 것을 안타깝게 생각하면서,
오랫동안 서서 한 길이 굽어 꺾어 내려간 데까지,
바라다볼 수 있는 데까지 멀리 바라다보았습니다.

오랜 세월이 흐른 후에
나는 한숨 지으며 이야기할 것입니다.
숲속에 두 갈래 길이 있었다고,
나는 사람이 적게 간 길을 택하였고,
그리고 그것 때문에 모든 것이 달라졌다고.

딸아이 덕분에 우연히 알게 된 로버트 프로스트의 〈가지 않은 길〉이라는 시를 늘 마음에 두고 살았다. 육십 인생을 살아보니 삶은 언제나 두 갈래 중 하나를 선택해야 했다. 하지만 그 길을 가다가 힘들고 지쳐 포기하고 싶은 순간, 자꾸만 뒤를 돌아보며 가지 않은 길에 대한 미련으로 늘 나 자신을 책망했다. 성실하고 부지런히 살아왔지만 내 길은 흙길인 듯 늘 힘들고 고단했다. 나보다 못하다고 생각했던 동무들은 시간이 지날수록 성공의 탄탄대로를 걷는 것만 같아 보였고 그럴수록 내 인생은 보잘것없이 느껴졌다. 하지만 우도봉을 오르다 보니 잘 닦아놓은 신작로가 아님에도 불구하고 오랜 세월 거센 바닷바람을 잘 견뎌낸 풀포기와 이름도 알 수 없는 작은 야생화들을 소중히 품어온 우도의 올레는 수수하고 소박하지만 너무나 아름답다는 생각이 절로 들었다. 우도봉 정상에 오르자 스치는 바닷바람은 마치 고단한 인생길을 포기하지 않고 살아온 내 어깨를 토닥토닥 두드려주는 것 같아 진심으로 행복했다. 내 두 뺨 위에 흐르는 눈물을 닦아주며 따뜻하게 안아준 것은 딸아이였다.

"비록 힘들어도 포기하지 않고 주저앉지 않았기에 우리 남매 하고픈 길, 가고픈 길을 갈 수 있었어요. 엄마가 가지 못한 길을 나는 엄마 덕분에 갈 수 있었으니 그런 엄마가 있어서 행복해요. 사랑해요! 엄마!"

힘겹게 올랐던 오름을 내려가는 순간, 땀으로 젖었던 등이 시원해짐을 느꼈고 발걸음도 한결 가벼웠다. 고단했기에 내려가는 길이 더 즐겁고 행복하다는 삶의 이치를, 그리고 그 순간을 참아낸 나 자신이 너무나 대견하다는 것을 그제야 알게 되었다. 비록 빛나는 청춘도 성숙한 중년도 모두 떠나보내고 정든 일터도 성년퇴식하여 이제 삶의 뒤안길로 접어든다는 서글픈 생각에 불면의 밤을 보내며 괴로워하던 나는, 내리막으로 접어든 황혼의 길을 어찌 보내야 할지 나름의 결심이 섰다. 그동안 오르려고만 했다. 홀로 두 아이 뒷바라지해야 한다는 생각에 주변의 풍경은 조금도 돌아볼 여유가 없었다. 이제는 무얼 더 오르려는 욕심을 버리고 즐기며 내려오련다.

그래! 내리막길, 황혼도 나쁘지 않다. 젊은 체력도 없고 기력도 많이 쇠하였지만 천천히 느린 걸음으로 주변을 돌아보며 놀멍 쉬멍 내려오리라~! 올레 길도 인생길도 천천히 내려오리라 마음먹으니 주변에 펼쳐진 아름다운 풍경이 더 많이 내 눈과 가슴으로 들어온다. 우도의 자랑인 산호, 검멀레, 하고수동 해변의 바닷길을 걸으며 아름다운 제주올레가 내게 알려준 새로운 인생길! 나는 그 길을 알게 되었다.

내를 건너서 숲으로
고개를 넘어서 마을로

어제도 가고 오늘도 갈
나의 길 새로운 길
민들레가 피고 까치가 날고
아가씨가 지나고 바람이 일고
나의 길은 언제나 새로운 길
오늘도… 내일도…

순간 살아생전 남편이 좋아하던 윤동주 님의 〈새로운 길〉이라는 시가 내 가슴에 들어왔다. 황혼의 내게 남겨진 길은 막다른 골목이 아닌, 놀멍 쉬멍 내려가며 즐기는 아름다운 올레 길이라는 걸 알게 되었다. 제주올레 길은 이제 막 황혼의 인생길에 접어든 내게, 남겨진 삶 속에도 살아가야 할 희망이 있다는 걸 알게 해준 고마운 힐링로드였다.

# 제주올레 길은 항상 옳았다

김봉구

걷고 걷고 또 걸었다. 숲길과 오름과 바다가 보였다. "좋다"라는 말이 끊임없이 나왔다. 그러면서도 내 눈은 파란색, 주황색 화살표를 찾느라 긴장을 놓을 수가 없었다. 길을 걷는 내내 두 개의 감정이 눈을 따라 오르락내리락했다. 그러다 어느 사거리에서 한쪽으로 쏠린 시소처럼 감정의 리듬을 잃어버려 파란 화살표를 놓치고 말았다. 혼란스러웠다. 파출소가 보였지만 화살표를 잃어버렸으니 그것을 찾아 달라고 할 수가 없었다. 그 말은 마치 처음 본 사람에게 지금 내 인생이 어디로 가고 있는지 물어보는 것 같았기 때문이었다. 별수가 없었다. 쌩쌩 차가 다니는 큰길을 따라 누군가 알려준 목적지의 방향을 향해 걷고 또 걸었다. 차 안의 사람들은 왜 저리 힘들게 여행을 하는지 알 수 없다는 듯 나를 바라보고 있었다. 나는 지쳐가고 있었다. 서쪽 하늘에선 저녁 햇살이 살갑게 따라오고 있었지만 일몰의 아름다움은 알아채지 못한 채 성가시다는 생각만 했을 뿐이었다. 이 길엔 다시는 오지 않을 것 같았고 걷고 있는 길이 마지막일 거라고 생각했다. 하지만 그대로 포기하고 주저앉을 수는 없었다. 이정표는 잃어버렸지만 마지막 지점을 향해 나는 걷고 또 걸었다. 결국엔 그 길로 다시 돌아오리란 사실을 모른 채, 또 다른 길의 시작이 될 그곳을 향해.

대학 졸업 후 시작된 십여 년이 넘는 직장생활은 한순간도 내게 여유를 허락하지 않았다. 늘 바쁘고 쫓기는 시간 속에 묻혀 일을 했고 그 속에서 나는 어디로 가고 있는지, 무엇을 이루며 살아가고 있는지 알 수 없었다. 분주했지만 밋밋했고 앞으로도 계속 똑같을 것 같은 나의 인생이었다. 그러던 중 우연히 제주올레 길을 알게 되었다. 걷는 것을 좋아하진 않았지만 길을 걸으면 무언가를 찾을 수 있을 것 같았다. 당장 배낭을 꾸렸다. 어쩌면 아무것도 얻지 못한 채 돌아올 수 있다는 것도 알고 있었다. 하지만 누군가의 성공적인 인생 스토리처럼 극적이고 감동적이진 않더라도 열정 가득했던 지난날의 내 마음을 찾고 싶었다. 전부가 아닌 아주 작은 용기만이라도.

그런 이유로 나는 올레 길을 걸었다. 중간에 길을 잃으며 끝을 맺었던 미완성의 결과였지만 여운은 대단했다. 집에 돌아오자 길의 풍경들과 올레 이정표가 머릿속에서 맴돌았다. 신기했고 이전의 여행과는 다르다는 생각이 들었다. 지난날 나에게 여행이란 어떤 의미였는지를 생각해보았다. 대부분은 그저 먹고 즐기면서 다니다 다시 일상으로 돌아오는, 마음에 남는 것이 없는 공허했던 여행이었다. 그와는 달리 길을 잃으며 걸었던 올레 길은 공허함보다는 그리움이 더 컸다. 길 위에 무언가를 남겨놓고 온 것처럼 허전함이 가득했다. 시간이 지날수록 다시 그 길에 서고 싶다는 생각은 점점 커져갔다. 왜 그런지는 알 수 없었다. 마치 아득하게 멀어져버려 이제는 기억도 나지 않는 누군가를 마음에 두었던 사춘기 시절의 내 마음처럼.

올레 길에 대한 가슴앓이는 잠깐 부풀어 오르다 사라지는 풋사랑 같은 것이 아니었다. 시간이 지날수록 이름 모를 풀들과 길가에 피었던 꽃들의 안부가 궁금했고, 검은 돌과 전봇대에 그려져 있던 화살표와 "이리 오라" 하며 손짓하듯 바람에 날리던 올레 리본이 보고 싶었다. 그리고 결국 그 열병을 치유하기 위해선 길을 걸어야만 한다는 것을 알게 되었다. 연기처럼 금세 사라질 수도, 아니면 영원할 수도 있을 사랑을 지금 잡지 않으면 안 될 것 같은 마음으로. 누군가에게는 걷는 것이 무슨 안식이고 치유인가 하며 말할 수도 있는 그 길을.

홀로 걷는 올레 길은 낯설었다. 하지만 내 마음과는 달리 올레 길은 있는 그대로 나를 받아주었다. 우울할 땐 파란 하늘과 바다가 마음을 밝게 해주었고, 흐린 날엔 구름 사이로 새어 나온 빛으로 매력을 뽐내며 나를 반겨주었다. 마음이 꼬였을 땐 반듯한 길로 마음을 다잡아주었고, 흐물흐물 갈팡질팡할 땐 흐트러진 마음을 모아주기도 했다. 대부분은 푹신한 흙길이었지만 때로는 딱딱한 길도 있었다. 언젠가 어느 길에서 만난 이는 발이 뜨거워지는 아스팔트길을 걸을 때면 기대와 다르다며 불평을 하기도 했다. 물론 나도 마찬가지였다. 고통을 사라지게 하기 위해선 걸음을 멈추면 된다는 것도 알고 있었다. 하지만 그럴 수는 없었다. 그 길이 비록 고통스러운 길이라 해도 편안한 흙길을 걷기 위해선 반드시 지나야 하는 길이라는 가르침을 내게 주고 있었기 때문이었다. 행복은 저절로 얻어지는 것이 아니라 행복을 누릴 만큼 시련을 겪어야 그 소중함과 의미를 더욱 진실되게 알 수 있다 하면서.

어떤 날은 비가 내리기도 했다. 질척이는 흙은 다리를 꽤나 무겁게 했고 등에 멘 배낭을 더욱 무겁게 느껴지게 했다. 비는 그칠 기미가 보이지 않았다. 문득 빗속을 걷는 내가 처량하게 느껴졌다. 내가 이 고생을 하려고 새벽부터 일어나 비행기를 타고 이곳에 왔는가 싶었다. 하지만 비는 그런 내 마음을 알고 있다는 듯 선물을 주고 있었다. 온몸으로 비가 떨어지며 내는 소리, 방울방울 들려오는 소리들은 오롯이 모두 내 것이었고 지쳐가는 내 마음을 깨우고 있었다. 그 소리가 너무 신기해 누군가에게 들어보라 얘기하고 싶었지만 그럴 수가 없었다. 내 몸에 떨어지며 들리는 나만의 소리였기 때문이었다. 그동안 나는 세상을 의식하며 한 발짝 떨어진 곳에 있었다. 진실도 있었지만 가식도 있었고 허영도 있었다. 어쩔 수 없는 선택이라 하며 합리화도 했다. 하지만 올레 길 위에선 그러고 싶지 않았다. 예상치 못한 다양한 일들을 만나는 것이 삶인 것처럼 비 내리는 길도 힘들고 번거로운 길이 아닌, 무수히 많은 여러 개의 길들 중의 하나일 뿐이었다. 길은 겸허하고 고요히 비를 받아들이고 있었다.

'세상엔 행복한 삶이 있는 반면 고단한 삶도 있는 것이라고 말하며, 항상 좋은 것만 있을 수 없는 것이 우리의 삶이고, 피할 수 없을 땐 욕심을 버리고 그냥 그대로 받아들이면 된다.'

'내 앞에 놓인 길이 험난하다 할지라도 피하지 말고 고통을 이기며 묵묵히 걸으면 행복한 마음으로 길 끝에 도달할 수 있을 것이다.'

올레 길엔 바다도 있었다. 아침에는 황금빛 가득한 물결로 생기를 주었고 한낮에는 무료함을 달래줄 바람도 주었다. 길을 마칠 때면 서쪽으로 저무는 아름다운 해의 모습을 보여주며 다음 올레 길

을 기약하게도 했다. 언제인지도 모르겠지만, 오래전부터 난 바다 같은 사람이 되고 싶었다. 하지만 바다는 그저 넓고 물이 가득한 곳이었을 뿐, 나는 바다 같은 사람이 어떤 사람인지를 알지 못했다. 하지만 올레 길 위에서 마주한 바다는 비로소 내가 어떤 사람이 되어야 하는지를 알려주고 있었다. 상대의 마음이 요동치고 울렁거릴 땐 잔잔하게 위로를 줄 수 있는 내가, 상대의 마음이 무기력할 땐 파도 같은 강한 힘으로 마음을 다잡아주는 내가, 세상과 자연의 순리에 순응하며 때로는 거칠게, 때로는 은은하게 포용할 수 있는 힘을 가진 내가 되어야 한다고.

어느 누구든 삶은 힘들고 고달픈 것이다. 그 사실은 모든 사람들이 태어나면서부터 짊어지는 태생적 고통일지도 모른다. 길 위에는 그런 고통을 짊어진 삶도 있었다. 뱃일을 나가는 어부, 물질을 하는 해녀, 돌이 가득한 거친 밭을 일구는 사람들. 나의 눈에는 그들 모두 힘든 삶을 살아가는 듯 보였다. 하지만 그들은 세상을 원망하지 않았고 자신의 운명을 원망하지도 않았다. 항상 옳은 것만 있을 수 없는 것이 세상의 이치라 하지만, 그들의 삶은 그 사실을 보기 좋게 아니라며 거부하고 있었다. 되레 마음의 치유를 위해 길을 걷는 올레꾼에게 위로를 주고 있었다. 처음 주고받는 말은 무뚝뚝한 듯했지만 몇 마디만 건네보면 그렇지 않다는 것을 느낄 수 있었다. 게다가 상대를 걱정해주었던 말들과 잘 익은 귤 한 봉지를 대가 없이 담아주는 정성은 참 감사하고 고맙기 그지없었다. 그들이 건네준 먹거리는 단순한 먹거리가 아니었다. 땀이 배어 있고 정이 담긴 속 깊은 마음이었다. 나만을 위해 살아가는 각박한 세상에서 돈으로는 살 수 없는 그들에게 받은 마음을 올레 길이 아니었다면 어떻게 마주할 수 있었을까? 머리를 짧게 깎고 훈련소로 떠나던 날 이른 새벽, 오랫동안 볼 수 없을 아들을 위해 어머니께서 지어주신 정성 가득한 집밥을 먹은 것처럼 한껏 든든했던 마음을.

세상엔 좋은 것들이 너무 많다. 사람들은 그것들이 주는 달콤함을 만끽하며 행복해한다. 하지만 모든 것이 사라지면 마음은 다시 공허하게 되어버린다. 그러고 나서는 우울해하거나 미래의 삶에 대한 의미를 찾아 방황을 하곤 한다. 나 또한 그런 사람들 중의 한 사람이었다. 하지만 이제는 올레 길이 시작되는 곳으로 향하는 버스에 오르면 조금씩 치유라는 새살이 솟아 오르는 것을 느낀다. 길이 시작되는 목적지가 가까워지면 마음은 이미 행복한 마음으로 가득 차 그 묵직함에 마음이 든든해지며 길을 만날 설렘으로 가슴이 두근거리기 시작한다. 신나게 속도를 즐기는 것도 아니며, 놀이동산의 롤러코스터처럼 높은 곳에서 떨어지는 짜릿함도 없지만 뭉툭하고 진득하게 아팠던 마음이 치유되며 생기는 편안함. 그처럼 올레 길은 나에게 돈을 주고도 살 수 없는 소중한 것들을 주었다. 그리고 욕심도 품게 되었다. 길에서 느꼈던 마음이 오랫동안 지속되었으면 좋겠다는 욕심. 마치 기분 좋은 꿈을 꾸다가 꿈이란 걸 알아차리고 나선 제발 깨어나지 않기를 바라는 마음으로 꿈과 현실을 오가는 것처럼.

사람들은 나에게 걸었던 길을 왜 또 걷느냐고 묻곤 한다. 그럴 때면 나는 방금 세상에 눈을 떠 처음으로 신기한 것들을 보고는 재잘재잘 이야기하며 자랑하고 싶은 아이 같은 마음이 된다. 하지만 그것은 나만의 생각일 뿐. 길을 걷는 이유는 걸어야만 알 수 있고 선택은 자신만이 할 수 있다.

"힘들면 중간에 멈추어도 됩니다. 한번쯤 놀멍 쉬멍 걸어보세요. 그러고 나면 당신의 선택만이 있을 뿐이죠. 만일 당신이 다시 걷고 싶은 마음이 생긴다면 그 마음이 제가 또다시 그 길을 걷게 되는 이유입니다."

나는 지금도 마음이 힘들거나 우울할 때면 올레 길을 걷는다. 그 이유는 나에게 올레 길은 항상 옳았기 때문이다. '항상'이라는 말은 진득하고 꿋꿋하고 늘 변함이 없어야 하기에 부담이 되는 말이기도 하다. 하지만 올레 길은 그 부담을 무색하게 하며 경쟁도 강요도 강박도 없이 오로지 그 모습 그대로 나를 받아주었다. 그렇기에 길을 걸으며 사색을 하고 사람들의 이야기를 듣고 삶의 모습들을 보며 힘과 깨달음을 얻었으며 어떤 삶이 내가 가야 할 삶인지를 알게 되었다. 무엇보다도 길에게 가장 고마운 것은 무엇을 어떻게 해야 한다는 사실보다는, 그 사실을 나 스스로 찾아낼 수 있도록 해주었던 것이다. 길은 나에게 또 다른 길을 알려주었다.

오늘도 사람들은 제주올레 길을 걷는다. 그 길 위에서 사람들은 감동을 받고 깨달음을 얻으며 그것들을 하나하나 모아 삶의 신념으로 만들 것이다. 그 신념들을 되새기며 오늘 하루도 충실한 삶을 살겠다고 다짐을 할 것이다. 때론 그 다짐들이 흩어진다 해도 길 위에서 느꼈던 행복했던 기억과 감동들을 회상하며 마음을 다잡을 것이다.

아름다운 섬 제주에 그 길이 계속 남아 있는 한, 그리고 그 길을 계속 걷는 한 제주올레 길은 항상 옳다고 하며 말이다.

# 마음의 불길을 잠재워준 길

김금귀

나는 중화요리사다. 지금은 요리사를 어엿한 전문직으로 평가하고, 심지어는 요리 잘하는 남자가 뇌섹남과 더불어 대세남으로 손꼽히는 시대가 되었지만, 이런 변화는 예전의 내게는 정말이지 꿈도 꾸지 못할 일이었다.

전북 정읍의 어려운 집안에서 6남매의 장남으로 태어난 나는 요리사가 되고 싶어서가 아니라, 그것밖에는 길이 없어서 중국집 시다바리로 들어갔다. 고향 친구들은 다들 왜 그런 힘든 일을 하느냐고 만날 때마다 한마디씩 툭툭 내뱉었고, 그럴 때마다 내 마음에는 생채기가 생기곤 했지만, 그렇다고 그만둘 수도 없는 노릇이었다.

나는 그 직업으로 내 밑의 동생 다섯을 공부시켰고, 결혼을 했으며, 결혼 이후 낳은 4형제를 키울 수 있었다. 그렇게 바쁘게 살다 보니 아무리 열심히 일해도, 식당이 제법 잘되어도 돈을 모을 수는 없었다. 힘든 주방일 속에서도 낙이 있다면 오로지 자식 잘되는 바람 하나였다. 하지만 나름 열심히 뒷바라지를 했던 탁구 선수인 쌍둥이 아들이 고교 졸업 후에 그토록 바랐던 실업팀 입단이 좌절되면서 진짜 맥이 탁 풀리는 느낌이 들었다. 내 인생은 무언가 싫었고, 등에 진 짐이 너무나도 버겁게 느껴졌다.

바로 그 무렵, 군산에서 사업할 때였다. 당시 강호동이 출연하는 최고 인기 프로그램 〈1박 2일〉에서 제주올레 길을 여행하는 장면을 보고 문득 마음이 움직였다. 나도 그들처럼 나지막한 산(나중에 알고보니 제주올레 1코스 말미오름이었다)에 올라서 눈앞에 펼쳐지는 성산일출봉과 우도봉을 내려다보고 싶다는 생각이 굴뚝 같았다. 뭔가 그곳에 가면 숨통이 트일 것 같았다.

마누라에게 이야기를 꺼냈더니, 처음에는 반대를 하다가 내 표정이 워낙 간절했던지 다녀오라고 했다. 얼씨구나 제주도로 내려왔다. 십 대 중반부터 빡빡한 도시 서울 곳곳을 전전하면서 평생 좁은 주방 안, 뜨거운 불 앞에서만 일하던 내게 제주의 신선한 공기와 바람은 그 자체가 커다란 선물이었다. 난생처음 게스트하우스라는 곳에 묵으면서 다양한 직업을 가진, 다양한 연령대의 친구들을 사귀는 것도 신선한 경험이었다.

예정한 날짜에 다시 서울로 돌아왔지만, 내 마음은 이미 제주에

가 있었다. 마누라에게 제주에 가서 살자고 했더니 어처구니없다는 표정이었다. 이 사람이 돌아도 단단히 돌았구나 하는 표정이라고나 할까. 그러나 내게 다른 선택은 있을 수 없었다. 무조건 제주로 가는 것밖에는.

결국 나 혼자만 제주에 먼저 내려와서 모슬포 근처 중국집에 취직을 했다. 쉬는 날마다 올레 길을 걸으니 힘든 주방일이라도 할 만했다. 결국 내가 내려온 지 6개월 만에 아내도 손을 들고 따라 내려왔다. 다 장성한 쌍둥이 아들은 서울에 남고, 아래 두 아들은 자동으로 함께 내려왔다.

그로부터 여러 해가 흘렀다. 이제 아내도 두 아이도 제주의 삶을 운명처럼 받아들인다. 뿐만 아니라 고등학생이 된 셋째는 "우리 아버지가 올레꾼이 되고 난 뒤에 사람이 달라졌다"고 말한다. 사실 나는 불을 다루는 직업을 평생 해와서 그런지 성질이 불같은 편이고 매우 급한 성정을 가졌다. 자식들을 사랑하면서도 매우 엄한 편이어서 사랑한다는 말 한 번 해보지 않고 키운 전형적인 한국의 아버지였다. 그런 내가 아들에게 처음으로 "사랑한다"는 말을 한 것도 올레 길을 함께 걸으면서였다. 초등학생인 막내아들은 어쩌다 쉬는 날에 내가 집에 있으면 "오늘은 올레 걸으러 안 가요?" 하고 묻는다. 아내도 어서 다녀오라고 오히려 재촉하곤 한다.

가족들이 그러는 데에는 다 그만한 이유가 있다. 나는 올레 길을 걷고 오면 그 행복감 때문에 가족들에게 평소보다 너그러워진다. 그러니 아내나 아이들로서는 행복한 아빠, 너그러운 남편을 만나기 위해서는 나를 올레 길로 내보내야만 하는 것이다. 나 스스로도 언행일치를 위해서라도 올레 길을 걷고 온 날이면 더욱 가족들이나 이웃에게 잘하려고 노력하는 편이다. 자연에서 행복했노라고 하면서 주위 사람들에게 화를 낸다면 모순 아니겠는가.

길에서 얻는 행복을 나누기 위해 나는 3년 전부터 제주올레 10코스 올레지기를 자원해서 맡고 있다. 처음에는 리본이나 표식, 스탬프 부착 등 올레지기의 기본적인 업무만 했지만 올해부터는 우리 코스의 예초만큼은 직접 하기로 마음먹었다. 올레 탐사국 인력만으로 26개 코스, 425킬로미터 곳곳에 산재한 풀길을 다 예초하기가 얼마나 힘이 드는지 짐작이 가고도 남기 때문에 우리 코스만이라도 힘을 덜어주고 싶었다.

그러다 보니 낫, 펜치, 망치 등 온갖 장비가 다 들어 있는 내 배낭은 엄청 무게가 나간다. 그러나 그 무게와 반비례해서 내 마음은 그만큼 가볍다. 게다가 내가 예초를 하거나 리본을 갈아매는 장면을 지나가다가 목격한 올레꾼들이 내가 자원봉사자 올레지기인 줄 알고서는 얼마나 고마워하는지 황송할 정도다. 올레 길을 통해 불같은 성정도 다스리고, 중년에 찾아온 우울증도 일거에 날리고, 길에

서 행복감도 만끽하게 된 것에 대해 감사하는 마음으로 시작한 자원봉사 덕분에 수많은 올레꾼들에게 또 감사 인사를 받고 있으니 이 또한 정말 감사한 일이다.

올레 길이 내게 선사한 선물은 여기에서 끝나지 않는다. 소년 시절부터 주방에서 산뼈가 굵은 나는 본디 공부하는 길 즐기지 않았다. 책도 제대로 읽지 않았음은 물론이다. 그런데 제주에 내려와서 자연 속을 걷고 마을을 지나고 제주 사람들을 만나다 보니 제주에 대해, 식생에 대해, 제주 문화에 대해 조금이라도 더 알고 싶어졌다. 공부가 절로 하고 싶어진 것이다. 나로서는 요리사라는 직업이 재평가 받는 현실도 믿기 힘들지만, 공부를 스스로 하고 싶어 하는 나 또한 상상도 못한 일이다.

나는 지금 제주올레 5코스 올레 길 초입에 있는 남원포구의 한 중국집에서 주방장으로 일하고 있지만, 6월 몽골올레 개장식에 참가하기 위해 잠시 일을 접었다. 좁은 주방에서 다시 한 번 해방되어서 드넓은 몽골 초원을 꼭 한 번 걷고 싶었다. 이 또한 예전에는 친구들이 "사내자식이 왜 주방에서 일하느냐"고 타박을 했던 직업을 갖고 있기에 가능한 일이다. 대기업에 다니던 고향 친구들은 명퇴당한 지 이미 오래지만, 경험 많은 주방장은 가게마다 앞다투어 모셔가려 하기 때문이다. 살다 보니 참 오래 살고 볼 일이 많다.

# 하늘로 올려 보낸 제주올레의 눈물

신대장

2009년 차가운 어느 겨울밤.

컴퓨터 1대와 옷 몇 벌만 챙겨온 나는 서귀포 중문의 어느 낡은 펜션 지하 보일러실 옆방에 둥지를 틀었다. 제주 이주의 첫 시작에서 월세 5만 원을 아끼기 위한 그 당시 나의 궁여지책이자 최선의 선택이었다. 곰팡이 냄새가 나면 어떠랴, 보일러 돌아가는 소리가 나면 어떠랴, 이불에서 퀴퀴한 냄새가 좀 나면 어떠랴.

삼십 대 초반의 나이에 제주돌도 씹어 먹을 듯한 패기 가득한 마음, 야심찬 계획을 가지고 제주로 내려오지 않았던가? 게다가 나는 부모님과 일가친척분들 모두 제주 출신이었고, 제주의 단단한 돌과 같은 검은 피가 흐르는 뜨겁고도 강한 제주인이라며 스스로를 위로하며 살아왔다.

그렇게 삼십 대 초반에 찾아온 인생 2막의 시작은 희망 가득찬

든든한 이상과 부족한 주머니 사정의 현실로 나누어지게 되었고, 시간이 지나면서 그 고통과 아픔, 그리고 실수와 사기 등이 나의 빈틈을 파고들기 위해 주변 곳곳에서 도사리고 있었다.

그랬다. 눈물 없이 듣지 못하는 제주 이주의 흑역사 영화를 두 번이나 찍었고, 많은 이주민이 겪게 되는 건축과정에서의 참담함은 없던 새치가 만발하며 자라나게 한 고통스러운 길의 서막이었다.

우여곡절 끝에 서귀포오일장 뒤편 끝자락에 게스트하우스를 열게 되었고, 걱정과 우려와는 달리 많은 분들이 찾아와주는 사랑받는 게스트하우스가 되어 자리를 잡아가게 되었다.

게스트하우스를 운영하던 어느 날이었다. 제주로 내려오게 만든 결정적 계기가 되었던 아름다운 제주올레 10코스가 생각나서 무작정 다시 한 번 걷기로 생각했다. 조금은 늦은 시간에 역방향으로 걷는 그 매력은 내게는 색다른 제주올레의 맛이기 때문에 사람이 뜸한 그 시간에 혼자만의 여유를 만끽하며 룰루랄라 기쁜 마음으로 그 길을 걷기 시작했다

늦은 시간이었던 만큼 드문드문 마주치는 사람에게 가볍게 목례를 하며 인사를 하고, 그렇게 스쳐 보내는 올레 길의 인연은 제주에서 얻을 수 있는 행복함을 주었다.

그렇게 한적히 걷고 있던 시간, 저 멀리서 아주머니 한 분이 고개

를 숙인 채 묵묵히 길을 걸어왔고, 나는 조심스레 그분을 살짝 쳐다보며 가벼운 목례로 올레여행자의 인사를 했다.

반가운 웃음으로 답례를 하리라 생각했던 내 예상과는 달리, 인사를 받는 둥 마는 둥 하는 그 아주머니를 흘깃 쳐다보고 '내가 뭘 잘못했나?' 하며 지나칠 찰나, 그 아주머니의 눈에서 눈물이 흘러내리며 흐느끼듯 내 곁을 지나쳐가는 모습을 보고 말았다. 알 수 없는, 그리고 처음 겪는 낯선 상황이었지만, 각자 길을 걷고 그 속에 저마다 다른 사연이 있는 것이 제주올레 길 여행이 아닌가 생각하며 계속 길을 걸었다. 저녁이 될 무렵 돌아와 게스트하우스에서 손님맞이 준비를 하며, 여느 때와 같은 일상을 손님들과 함께 보내고 있었다.

밤 8시 즈음 되었을 때, 여자 손님 한 분이 큰 배낭을 메고 문을 열고 들어섰고, 일어나서 인사를 드리려는 순간, 아까 낮에 올레 길에서 만난 그 아주머니인 걸 알아차렸다.

그래, 그녀였다.

"어서 오세요. 고생 많으셨죠?" 하며 조심스레 인사를 건네자, 그분은 환한 표정으로 인사를 했고 거실에 모여 앉아 있는 게스트들과 제주올레 길에 대한 서로의 이야기를 나누기 시작했다. 각자 제주올레 길을 걷는 이유를 설명하던 차에 그녀의 순서가 돌아왔고,

나는 특별히 그녀의 이야기에 귀를 기울이게 되었다. 그녀가 담백한 어조로 말을 꺼내기 시작했다.

“얼마 전 남편을 하늘나라로 보내고, 오늘 49제를 끝내자마자 제주로 내려왔습니다”라고 말을 떼는 그녀의 가녀린 표정에서 슬픔이 전해졌고, 먹먹하고 가슴에 서린 슬픈 사연을 들을 수 있었다.

“남편이 살아생전 제주도를 너무 좋아했고, 우리는 때가 되면 늘 제주 구석구석까지 여행을 했습니다. 맛있는 식당과 카페 또한 행복하게 다녀온 추억이 참 많습니다. 조만간 다시 찾아오리라는 우리의 약속은 갑작스레 세상을 떠나게 된 남편 때문에 더 이상 지켜지지 못하게 되었습니다.

남편은 허무하게 세상을 떠나게 되었고, 제주를 그토록 사랑했던 내 남편이 제주 하늘 어딘가에 있는 것 같아서, 하늘로 떠나보낸 오늘 바로 제주에 내려오게 되었습니다. 남편과 함께했던 모든 곳을 이렇게라도 나 혼자서 열심히 다니며, 남편을 진심으로 떠나보내기 위해 올레 길을 다니고 있어요. 그렇게 하면 우리 그이도 좋아해줄 것 같고, 저 역시도 아무런 미련 없이 보낼 수 있을 것 같아서 함께하는 마음으로 다니고 있습니다.

그런데, 둘이서 정말 좋아했던 소박한 카페가 하나 있었는데 지금 도저히 찾을 수가 없어서 막막하네요. 제주시 어느 골목 안에 있

었던 것 같은데, 꼭 한 번 다시 가보자고 했는데요."

그녀는 아쉬운 듯 이야기했다. 그러고는 "제가 힘들 때나 기쁠 때나 가장 먼저 찾은 곳이 제주이며, 아마도 제주에서 살아가야 하는 게 제 운명인가 보네요"라면서 자리에서 일어나 잠을 청하러 방으로 올라갔다.

다음날 아침. 그녀는 커다란 배낭을 등에 멘 뒤, 배낭끈을 질끈 묶으며 꽤 이른 시간에 떠났고, 나는 그녀의 뒷모습을 바라보며 "다시 꼭 만나요"라고 인사를 하면서 작별을 했다.

나는 그녀가 찾고 있던 그 카페가 어딘지 무척이나 궁금했다. 카페 사진 한 장과 그녀의 기억 속의 장소를 내 주변에 수소문을 하였고, 수소문 끝에 찾아낸 그 카페는 제주 시내 어느 골목길 안에 있던 허름한 카페였지만, 경영난으로 얼마 전에 문을 닫았다는 안타까운 소식을 접했다. 그 사실을 그녀에게 문자로 알렸다.

또 다른 사람들의 많은 사연 속에서 그 일을 잊은 채 하루하루 살아가던 날, "띵동~!" 하며 문자 하나가 왔고, 그 메시지에 담긴 내용에 마음이 따스해졌다.

"대장님~! 많은 분들의 따뜻한 위로와 응원 덕분에 좋아하는 제주마을 어디 즈음에 집을 구했고, 앞으로 이곳에서 멋지게 살아가려고 노력 중입니다. 다시는 가지 못하게 되어 안타깝지만, 카페 소식을 전해주셔서 정말로 고맙습니다, 한결 마음이 편해졌습니다."

지금쯤 제주도 어딘가에서 행복한 제주생활을 하고 있을지 모를, 혹은 또 다른 어느 하늘 아래 살아가고 있을 그녀에게 몇 년 만에 따스한 안부의 말과 응원을 보내고 싶어졌다.

"잘 지내고 계시지요? 제주에서 만난 인연, 제주에서 행복하고 아름답게 지내요, 우리…."

# 천천히 자라는 아이에게 마음을 열어준 길

나선

딸아이가 초등학교 3학년, 아들아이는 유치원생, 10월에 기차를 타고 여행을 하게 되었다. 네 명이 마주 보고 앉아서 도란도란 이야기하다 남편이 딸아이의 종아리를 주무르는데, 딸아이가 아프다고 종아리 근처에 손도 못 대게 했다. 성장통인가 보다 대수롭지 않게 생각했는데, 아이의 입에서 충격적인 말이 나왔다.

딸아이는 행동도 조심스럽고 글씨도 천천히 쓰는 아이였는데, 4교시 후 알림장을 쓸 때, 아직 쓰고 있는 중인데도 담임선생님이 "다 썼지?" 하면서 밥 먹으라고 컴퓨터 화면을 끄셨단다. 행동과 표현이 느린 딸아이는 대부분 알림장을 다 못 써서 준비물이나 책을 못 챙겨갔고, 그 벌로 다음날 가방을 메고 뒤에 서서 수업을 들어야 했다. 그런데 오늘 못 챙겨가면 일주일 동안 뒤에서 가방을 메고 수업을 들어야 했고, 이틀을 못 챙겨가면 일주일이 연장되었다. 모둠에는 '5人담당제'가 있었는데 같은 모둠의 친구가 준비물을 못 챙겨 온 아이들을 선생님께 알리는 시스템으로, 딸아이를 담당하는 아이가 매번 그 사실을 선생님께 알려왔다. 그렇게 딸아이는 3월부터 계속 가방을 메고 수업을 듣는 게 일상이 되어 있었다. 그런데 가방을 메고 서서 수업을 들으니, 메모를 잘 못해서 놓치는 것이 갈수록 많아졌다. 딸아이는 자기의 준비물 부족을 선생님께 알리는 친구의 눈치를 보고, 주변의 친구들도 딸아이를 함께 놀렸다. 그야말로 3학년 2반의 왕따 어린이가 딸아이였다.

그때가 10월, 딸아이는 3월부터 가방을 메고 수업을 듣고 있었다. 더더군다나 아이는 뭔가 놓치고 갈까 무서워 모든 책을 가방에 넣어가지고 다녀 초등학교 3학년 여자아이의 가방 무게가 6킬로그램이나 됐다. 너무 놀란 남편이 다음날 학교에 찾아가 선생님과 대화를 했고, 선생님이 지금 시스템을 바꿀 생각이 없다고 하셔서 곧장 전학을 시켰다. 우리 부부는 우리의 무심함 때문에 일찍 조치하지 못했던 것을 자책하고, 또 자책했다. 우린 너무 마음이 아파 내내 슬퍼했고, 자다가도 벌떡 일어날 정도로 화가 났다. '내가 부모라고 할 수 있나?' 하는 자책감에 우울함이 밀려왔다.

매주 아이들과 여행하면서 많은 시간을 보내면 많은 대화를 하게 될 줄 알았는데, 조용한 성격의 딸아이가 스스로 말하지 않으면

학교에서 무슨 일이 있었는지, 어떤 고통을 겪고 있는지 전혀 알지 못했다. 억울한 일을 당해도 자신의 감정을 잘 표현하지 않는 딸아이와 대화하기 위해 선택한 것이 제주올레 걷기이다. '관광' 말고 '걷기'를 함께 하다 보면 더 많은 이야기를 하게 되지 않을까 기대를 했다.

딸아이의 생일이 12월 30일인데, 매년 12월 30일엔 한라산에 함께 올라가 "한라산이 네 것이야! 생일 선물이다!" 통 크게 쏘고, 제주올레 1코스부터 차곡차곡 걷기 시작했다. 첫 해 겨울 방학 땐 제주올레 1코스~6코스까지, 두 번째 해 겨울 방학 땐 제주올레 7코스~12코스까지, 세 번째 해엔 제주올레 13코스~17코스까지, 네 번째 해엔 나머지 코스를 다 돌았다.

어느 해 겨울, 계획한 올레 길 걷기를 마치고 집에 돌아가려 공항에 왔는데, 김포공항에 내린 폭설 때문에 비행기가 뜨지 못했다. 그걸 확인한 순간, 우리 가족 모두 당연하다는 듯이 곧장 올레 다음 코스를 걸으러 갔다.

2005년 1월 세종문화회관에서 만난 '김영갑 사진전'에서 본 제주의 바람 사진이 인상적이어서 해마다 올레 길을 걷기 전엔 무슨 영적인 의식처럼 제주올레 3코스에 있는 김영갑 갤러리부터 다녀온 후 걸었다. 김영갑 갤러리에 가서 '김영갑' 님이 나오는 영상을 보고 앉아 있거나 오름 사진, 또는 제주의 풍경 사진을 보고 있노라면 모든 시름을 다 잊게 되고, 바람 부는 제주를 보는 것만으로도 영혼이 빨려들어가는 듯했다. 그 사이 아이들은 삼달초등학교 운동장 돌무덤 사이에서 숨바꼭질을 하고 놀았다. 김영갑 갤러리는 초창기 모습과 살짝 달라졌지만 덕분에 가장 많이 걷게 된 올레 코스가 제주올레 3코스이기도 하다.

해마다 겨울 방학 때만 올레 걷기를 했는데, 겨울의 제주 바람은 매서웠고 눈보라가 심할 때도 있었다. '어제 너무 추워서 오늘 하루는 쉬어볼까?' 아니면 누군가 "오늘은 걷지 말고 쉬어요!"라고 어리광을 부리면 못 이기는 척하고 놀아볼까? 속으로 생각이 많은데, 우리 집 아이들은 그렇지 않았다. 어제 그렇게 추운 바람 속에 몸이 흔들릴 지경으로 걸었는데도, "엄마, 자고 일어나니 다리가 하나도 안 아파요!"라고 웃으며 말하거나, "매일 걸으니 제 무릎이 단단해진 것 같아요" 이러거나, 엄마가 나가기 싫어 미적거리면 "언제 나갈 거예요? 오늘은 몇 코스를 걸어요?" 물어본다. 이런 적극적인 아이들이라니! 한참 걷다가 딸아이가 말한다. "다리 아픈데 언제 끝나요?" 그러면 4살 어린 동생이 대답한다. "누나, 내 발바닥이 아직 안 아픈 것을 보니 아직 더 남은 것 같아. 어제도 발바닥 아플 때 길이 끝났었어!"라고 서로를 위로했다.

눈 내린 곶자왈을 걸을 때는 눈밭에 쓰러져 온몸으로 눈을 감상하고, 걷다가 무인 카페가 나오면 꼭 들어가 차를 마셔야 한다고 우기고, 무인 감귤판매대를 신기해하며 그냥 지나가지 못했다. 두 아이가 할 말이 어찌나 많은지, 사진 찍느라 뒤에 처지는 엄마는 신경도 안 쓰고 앞서서 나갔다. 눈 덮인 길에 올레 화살표가 안 보이거나 리본이 눈에 쌓여 안 보일 때, 서로 먼저 화살표나 리본 찾기 놀이를 했다. 먼저 찾은 아이의 웃음소리와 늦게 찾은 아이의 안타까움이 함께 뒤범벅되어 추운 날의 걷기임에도 그렇게나 많이 웃을 수 있었다. 길을 걸으며 웃을 일이 뭐 그리 많겠냐고 할지 모르겠지만, 4명의 가족이 정말 많이 웃고 즐겼다. 바라는 것은 배고플 때 밥 먹기, 예쁜 카페가 나오면 잠시 쉬었다 가기, 바람이 심하면 바람에 몸을 맡겨 바람 부는 대로 휩쓸려 가기, 우습게 걷는 가족이 있으면 우습다고 놀리기. 가족과의 올레 길 걷기는 사람을 단순하게 만들고, 사소한 것으로도 웃게 했다. 행복감이 이렇게 쉽게 찾아오는 것에 우리 모두 놀랐다.

제주올레 6코스를 걸을 때 추위에 떨다가 점심으로 먹은 성게 미역국에 체했는지, 딸아이가 힘들어했다. 소정방폭포를 지나갈 때는 아예 토하고 괴로워해서 온 가족이 공원에 앉아 딸아이가 안정되기를 기다렸다. 사실 내 마음은 딸아이가 "오늘은 힘드니 그만 걸어요!"라고 말해주길 기다렸는데, 말없이 견디다가 몸이 조금 회복됐는지 다시 걷겠다고 자리를 털고 일어서서 놀랐다.

딸아이는 표현이 더뎌서 그렇지 강인하면서도 섬세한 아이였고, 바람의 색깔, 나무의 색깔을 보통 사람과 다르게 표현했다. 남동생과도 잘 어울리며 모르는 게 있으면 친절하게 조곤조곤 설명해주었고, 자연과의 교감도 잘하는 아이였는데, 뭐든지 빨리 해내야 하는 도시와 맞지 않았을 뿐이다.

가족 모두 '올레 길 걷기'를 겨울의 시작이라 생각했는지, 매년 겨울 방학 때마다 당연한 일처럼 올레 걷기를 기다리고 즐기고 있었다.

어느 날, 조용하고 말수 적은 딸아이가 하염없이 걷다가 뜬금없이 울면서 말했다. "엄마, 내가 그때 얼마나 힘들었는데요! 엄마는 왜 제게 관심이 없었어요?"

길을 걷는다는 것이 묘하다. 계속 반복되는 왼발 오른발의 움직임일뿐인데, 자꾸 머릿속에 뭔가 떠오르고 되새기게 되고 스스로 정리가 된다. 드디어 딸아이가 자신의 아픔을 밖으로 표현했던 것이다. 그리고 엄마가 자신에게 무심했던 것도 이제야 생각난 것이다. 말이 없는 아이였던지라, 아픈 것을 아프다고 표현한 것에 놀라고 기쁘고 속상했다. 딸아이를 껴안고 "엄마가 잘 몰라서 그랬어, 미안해!"라고 울며 말하는데, 무슨 이유로 누나가 울고 있는지도 모르는 아들도 조용히 기다려줬다.

오랜 시간을 걷고 걸어서야 마음을 표현해주었던 딸 덕분에 우리 가족 모두 마음도 몸도 가볍게 올레 길 걷기를 마칠 수 있었다. 깜짝 놀랄 일은 올레 길 코스를 다 걷고 난 후, "엄마, 우리 이제 역逆올레 해볼까요?"라고 아들이 제안한 것이다. 올레 걷기가 결코 쉽지 않은 과정이었는데, 아직 어린 초딩 아들이 그렇게 말해서 가족들 모두 허걱! 하고 놀랬다.

그랬던 아들이 중2병으로 엄마만 보면 인상을 찡그리고 말 한마디도 건네기가 힘들 때, 여름 방학 올레 걷기를 제안했더니 곶자왈 중심으로 걷게 해주면 엄마랑 둘이 걷겠다고 했다. 우리는 모슬포에 숙소를 잡고 제주올레 10~11코스, 제주올레 14-1코스, 마라도를 걸었다. 가족 4명이 함께 걸을 때와 달리 둘이서만 서로 의지해야 하니 아들과의 대화도 잘 풀리고, 의외로 엄마를 배려하는 모습도 보였다. 제주올레 11코스를 걸을 땐, "겨울엔 여기가 이랬었는데, 눈이 없으니 이런 모습이네요. 아빠가 여기서 뭐라고 했었는데요. 여긴 간식 먹은 장소네요" 하면서 함께 걸었던 추억을 떠올렸다. 가족 4명이 함께 걷지 않는데도 함께 걷는 느낌이 들었고 가족이 같이 걸었던 지난 기억이 더욱 소중하게 느껴졌다.

아들과만 올레 길 걷기를 했더니, 지금은 대학의 애니메이션 학과로 진학해 만화영화 만들기에 열중해 있는 딸아이가 자기와도 걷자고 해서 다음 해 여름엔 딸아이와 비양도, 우도, 추자도 등 섬 속의 섬 길을 걸었다. 조잘조잘 이렇게나 표현을 잘하는 아이를 표현 안 한다고 고민했다니, 기다리지 못하고 늘 급하게 서둘렀던 엄마로서 미안했다. 천천히 느리게 표현하는 아이와 많은 시간을 함께한 제주올레 길 걷기를 통해 마음 문이 열리기를 기다려줬고, 이젠 그것이 자양분이 되어 자신의 꿈을 펼치게 된 것에 감사한 생각이 든다. 올레 길 걷기를 4명 가족이 함께할 때도 물론 좋았지만, 깊은 이야기를 나누고 아이를 제대로 이해하기엔 두 명씩 걷는 것도 좋았다.

내 소원이 있다면 딸아이가 제주올레 길을 배경으로 아름답고 따뜻한 애니메이션을 만들어 온 가족이 감상하는 것이다. 그게 엄마의 마지막 꿈이라고 이야기했더니, "언젠가는. 뭐, 기다려보시죠!"라고 딸아이가 말한다. 제주올레는 혼자 걸어도 좋고 둘이 걸으면 더 좋고, 가족 모두가 함께 걸으면 더욱 더 좋은 우리 가족의 비상식량이다. 열심히 일하다 문득 답답하게 느껴지거나 가족끼리 소통이 안 될 때, 언제든 훌쩍 떠나 걸을 수 있는 올레 길이 있어 좋다. 올레 길 걷기는 우리 가족이 살아 있는 한 쭉 이어질 것 같다.

part 2

# 사람을 발견하고 가족을 이어주는 길

# 나의 제주올레, 우리의 제주올레

남선영

"올레걷기축제 완전 좋아~! 가면 화장품도 주고, 물도 주고!"

별생각 없이 누군가가 해준 말을 듣고 신랑과 일곱 살, 네 살, 두 살 아이와 함께 찾은 나의 첫 제주올레걷기축제.

시끌벅적 활발한 분위기에 젖어들어 어느새 함께 축제를 즐기고 있었고, 정신을 차리고 보니 그들과 함께 걷고 있었다. 그저 공짜 화장품이나 받아볼까 하고 간 자리에서.

아직 어린 막내를 유모차에 태우고 갔지만, 계속해서 그들과 함께 길을 걷고 싶었다. 그런 나의 마음을 알게 된 남편은 기꺼이 나를 위해 두 아이를 전담해주기로 하였다. 우리의 절충안은 첫째 아이와 나는 계속해서 걷고, 남편은 둘째, 셋째 아이와 함께 차를 타고 가서 점심 먹는 장소에서 만나는 것이었다. 그렇게 시작된 올레와의 인연.

아무 준비 없이 시작된 올레 길 걷기였기에 더 솔직히 말하자면, 축제뿐 아니라 '올레'라는 것조차 들은 적이 없었기에 그렇게 무모하게 시작할 수 있었다. 아이는 바람을 느끼면서 자신의 걸음걸음 신중하게 옮겼나. 나 또한 아이의 흐름을 따르고 싶었기에 천천히 천천히 걸었다. 하지만 그렇게 걷다가는 점심시간까지 그 장소에 도착할 수 없었다. 택시를 타려면 어떻게 해야 하느냐는 나의 질문에 그 이유를 되묻고는 지금 그곳으로 가고 있으니 차를 태워주겠다는 친절하고 활기찬 스태프를 만나 우리 가족은 무사히 상봉할 수 있었다.

점심을 먹으며 어떤 이는 초등학교 운동장에 누워 뻐근한 다리를 쉬게 했고, 어떤 이들은 다같이 둘러앉아 웃으며 떠들었고 또 어떤 이들은 노래하고 춤을 추었다. 그 자유롭고 유쾌한 분위기는 가히 압도적이었다.

그리고 1년이 지난 후, 아이가 여덟 살이 되었을 때는 제대로 함께 하고 싶었다. 함께 걷는 이들의 기분 좋은 왁자지껄함이 좋았다. 함께 걸음으로써 또 혼자 걸을 수 있는 이상하리만큼 시끄럽지만 조용한 그 시간. '낮은 담'이란 뜻을 담고 있는 나의 딸, 김원과 함께.

잠시 앉아 쉬고 있으면 함께 걷던 이들은 말을 건넨다. 아이가 몇

살인지 묻고 격려의 말을 전한다. 그렇게 걷고 또 걸어 도착하고 나면 반겨주는 많은 이들이 있다.

원이는 걷는 내내 재잘거리고 웃었다. 잠깐 쉬는 걸음에도 함께하는 이들은 어린아이가 대단하다며 간식거리를 내주었고 격려의 말과 함께 그들이 보내준 따뜻한 관심은 아이의 다리를 주물러주었다. 또 중간 중간 펼쳐지는 작은 공연들은 우리 모녀를 마치 딴 세상에 온 듯한 착각을 하게 만들어주었다. 그렇게 재잘거리며, 또 각자의 생각에 빠져 걷다 보니 어느새 와버린 도착지. 그리고 어떤 이가 뜻밖의 말을 전했다.

"아까 같이 걷던 그 아이 맞지? 정말 끝까지 왔어? 대단하다!"

그렇다. 이상하리만치 신비한 올레 길은 각자의 걸음으로 걷되, 함께 걷는 이를 기억하게 만들었다. 그래서 속도를 맞추어야 한다고, 혹은 더 빨리 도착해야 한다고 재촉하지도 경쟁하지도 않지만 함께 걷는 이에 대한 따뜻한 응원의 마음과 나와 걷는 이가 누구인지 돌아보는 것, 그리하여 각자의 속도에 맞추어 묵묵히 걸음으로써 말보다 더 큰 위로를 건네는 것이다. 우리는 지금 함께 걷고 있고 그렇게 함께 살아가고 있음을….

작년의 아쉬움을 달래듯, 도착지에서 펼쳐지는 신나는 축제의 밤을 함께하고 우리 모녀는 서로의 손을 맞잡고 집으로 돌아갔다. 스스로에 대한 대견함과 즐거움으로 가득 찬 마음으로 말이다.

그리고 이제는 매년 먼저 올레걷기축제를 알아본다. 언제 시작하는지, 어떤 길로 걷는지 말이다. 그리고 주변에 전한다. 그 기분 좋은 따뜻한 위로의 길을 함께 걷기 위해서. 아이가 자라면서 참가하는 방법도 변해갔다. 처음에는 반을 걸었지만, 두 번째는 온전한 하루를 함께했다. 그리고 세 번째는 연차를 받아 전 일정을 함께했다.

그리고 아이는 당연하다는 듯 매년 엄마와의 신나는 데이트를 즐기고 기대한다. 바닷길, 숲길, 골목길에서 우리 모녀는 서로의 손을 잡는다. 때론 각자의 걸음으로 속도를 달리하여 걷는다. 아이는 이제 그 길을 즐기는 엄마를 존중해줄 만큼 자라고 있었다.

길을 걸으며 아이는 묻는다.

"엄마, 우리 여기 아빠랑 왔었지. 차 타고 올 때는 엄청 빨리 왔는데, 걸어오니까 멀다."

길을 걸으며 아이는 웃는다.

"바람에 날아갈 것 같아. 엄마아아아아~."

길을 걸으며 아이는 감탄한다.

"반짝거려."

길을 걸으며 아이는 생각한다.

아이가 길에서 보여준 모습은 결국은 부모로서 아이에게 가져야 하는 첫 번째 마음, '아이에 대한 믿음'을 가져다준다.

'너는 무엇을 하든, 행복하게 살겠구나. 조금 힘들어도 결국은 끝까지 해내겠구나.'

아이를 향한 그런 마음은 비단 나만 느끼는 것은 아닌가 보다. 열 살이 된 아이에게 누군가가 말을 건넨다.

"너 그 아이 맞지? 작년에도 왔지? 재작년에도? 너 정말 멋지다!"

참 신기한 일이다. 대한민국 어느 곳에 살고 있는지도 알지 못하는 그 아저씨는 내 아이의 성장을 함께하고 있다. 그리고 앞으로 무수히 펼쳐질 많은 날들을 가진 내 아이의 삶을 향해 멋진 말로 응원한다. 아이는 아저씨의 마음을 느꼈을 것이다. 그리고 언젠가 지치는 삶의 순간에서 알 수 없는 격려로 잠깐의 쉼을 느끼고, 그 쉼은 다시 아이를 일어설 수 있게 해줄 것이다.

어렸을 적 낯선 이에게 받은 위로와 격려가 내 아이의 마음 어느 곳에 깃들어 언제든 불쑥불쑥 찾아와 아이를 위로해줄 것이라고 믿는다. 그것이 엄마인 내가 줄 수 있는 최고의 선물이자, 사랑이다. 그렇게 어른이 된 아이가 또 어느 작은 아이에게 말을 건네겠지.

"너, 정말 멋지다!"

마음의 위로는 어느 낯선 아저씨가 나의 아이에게, 나의 아이가

또 어느 아이에게, 그렇게 누군가의 입에서 입으로, 마음에서 마음으로 전해질 것이다.

아이는 그렇게 길에서 사람들과 함께, 또 풍경과 함께 자라나 이제는 함께 걷는 동생을 챙기고 격려한다. 비바람 부는 올레 길을 걸으며 동생에게 말한다.

"바람이 부는 방향으로 몸을 기울이면 안 추워!"

어느덧 아이는 열한 살이 되었고 열한 살 아이는 어느 가을날, 또다시 걷고 있을 것이다. 서로의 손을 잡고, 또 때론 각자의 마음에 와닿는 풍경을 느끼면서. 그리고 어느덧 훌쩍 자라나 더 많은 길을 걸을 것이다. 길 위에 찍힐 그 많은 발걸음을 오늘도 기대하며 응원한다.

# 칼잡이 외과의사, 제주올레에 빠지다

이성근

'오늘은 뭐할까? 어제는 사려니숲길을 걸었고, 그제는 한라산 백록담에 다녀왔으니 오늘은 그냥 집에서 쉴까? 아니야. 그래도 휴일에 혼자 있으면 심심하니 제주에서 유명하다는 올레 길이나 가볼까?'

이런 생각으로 2011년 10월에 나는 처음으로 제주올레 길을 접했다. 제주에 살고 싶어서 연고도 없는 제주에 직장만 구하고 내려와 처음으로 맞이한 휴일이었다. 셋째가 태어난 지 100일 될 때까지 가족들은 부산에 있는 처갓집에 있기로 했기에, 제주에 혼자 먼저 내려왔다. 그렇게 처음으로 제주올레 7코스를 걸었다. 그리고 그 단 한 번의 경험은 날 완전히 제주올레에 빠져들게 만들었다. 아직도 제주올레 길을 처음으로 걸었던 그날을 잊을 수가 없다. '수봉로'에서 약간 벗어난 조그마한 언덕에서 1시간 동안 바다를 바라보며 너

무나도 많은 생각들을 했다. 아무도 없는 막막한 제주에서 앞으로의 생활에 대해 한참을 고민했는데 제주바다는 '모든 것이 다 잘 될 것이다'라는 답을 나에게 주었다.

나는 외과의사다. 대학병원에서, 국립소록도병원에서, 국립암센터에서, 외과전문병원에서 10여 년간 수술을 본업으로 하던 소위 '칼잡이'다. 제주올레 길에서 만난 많은 분들이 젊은 외과의사가 트레킹 마니아로, 제주올레 자원봉사자로 활동하는 것이 신기했는지 나에게 자주 질문을 한다.

"제주올레가 뭐가 그리 좋은가요?"

"제주올레는 저에게 제주생활에서의 첫 경험이자 여전히 변치 않는 첫사랑이지요. 처음에는 제주올레 길을 혼자서 즐겼고, 제주올레 길을 완주한 후에는 가족과 함께 걸었으며, 지금은 사람들과 함께 즐기고 있어요. 걷는 길이 주는 사색과 명상에 반해서 시작을 했고, 가족들과 함께 걸으며 한 걸음 한 걸음 걷는 것의 행복을 누렸어요. 이제는 사람들과 함께 어울리고 나누는 기쁨이 더 크다는 것을 알기에 자원봉사를 통해서 제주올레를 즐기고 있어요."

나는 혼자 제주에서 지내는 3개월 동안 시간이 있을 때마다 걸었다. 부산에 올라가지 않는 주말마다 곶감 빼먹듯이 제주올레 코스를 하나씩 걸으며 제주를 만끽했다. 제주올레 길을 걸으면서 아름다운 제주 자연과 늘 함께했고, 그 덕분에 이전에 내가 알고 있던 제주와는 다른 제주를 볼 수 있었다. 6~8시간 동안 한없이 걷다 보면 지나간 일들을 되돌아보게 되고, 현재의 나와 미래의 나를 생각하게 된다. 주로 평지를 걷는 제주올레 길은 힘들지도 않고, 오히려 사색하며 생각을 정리하는 데 더없이 좋았다.

그렇게 제주올레 길을 혼자서 만끽한 후 가족들과 그 행복을 함께하고 싶었다. 그래서 셋째를 유모차에 태우고 또 제주올레 길을 걸었다. 지금 생각해보면 엄두가 안 날 일인데 그때는 정말이지 자꾸 제주올레 길에 가고 싶었다. 처음으로 온 가족이 함께 클린올레 활동을 했던 제주올레 16코스, 유모차를 끌며 온 가족이 함께 개장식에 참석했던 제주올레 21코스, 아이들과 함께 자전거 올레를 했던 제주올레 4코스와 제주올레 10-1코스와 제주올레 20코스, 아이들과 전국체전 성화를 봉송했던 제주올레 16코스, 집 근처라 시간이 되면 자주 갔던 제주올레 17코스, 그리고 가족과 함께 클린올레에 참석했던 많은 제주올레 코스들. 제주올레 26개 코스를 생각하면 가족과 함께 걸었던 추억들이 언제나 가장 먼저 떠오른다.

6년 동안의 제주올레 경험 중 가장 기억에 남는 것은 결혼기념일에 아내와 처음으로 함께 걸었던 제주올레 6코스이다. 우리는 8번째 결혼기념일 일주일 전 심하게 다투었는데 그날 6시간 동안 6코스를 걸으며 많은 이야기를 나누었다. 낯선 제주에 와서 힘들었던 이야기, 아이 셋을 키우느라 고생한 이야기, 연애할 때 이야기, 앞으로 살아갈 날들에 관한 이야기까지. 그렇게 길을 걸으며 이야기를 나누니 묵혀두었던 감정들이 터져 나왔고, 서로의 이야기를 듣다 보니 자연스럽게 해결책을 찾을 수 있었다.

올해 일곱 살이 되는 셋째의 그림에 아빠는 주로 파란색 옷을 입고 있다. 유모차를 탈 때부터 올레 길을 접했기에 아빠의 옷을 제주올레 리본 색깔인 파란색으로 칠하는 것이다. 사진 찍을 때 외치는 구호도 "올레!"일 정도이다. 제주로 이사 왔을 때 세 살이던 둘째는 가장 어린 올레꾼이었다. 아빠가 클린올레 갈 때 자주 같이 갔었기에 올레꾼들은 둘째의 성장을 고스란히 지켜본 산증인이다. 얼마 전 클린올레를 하고 있는 아빠의 모습을 그림으로 그려 선물로 줬는데, 어찌나 쓰레기가 크고 많던지 우리 가족은 그 그림을 보고 한참이나 웃었다. 이제 초등학교 6학년인 첫째는 올레에 아빠를 뺏겼다고 생각하곤 한다. 밉지 않게 올레를 질투하는 딸아이와 함께 올레 길을 걸을 때면 참으로 행복하다. 그리고 제주의 자연 덕분에 순수하게 커가는 아이들을 볼 때마다 제주올레가 참으로 고맙다.

그렇게 가족들과 제주올레 길을 즐기던 중 2013년 7월에 우연히 제주올레 사무국에서 진행하는 '제주올레 아카데미'라는 교육 프로그램에 참석하게 되었다. 그리고 제주올레 아카데미 15기 총무를 맡았고, 그다음 해 '제주올레 아카데미 총동문회' 총무를 맡으면서 제주올레를 자원봉사자로 즐기게 되었다. 처음에는 혼자서 즐기다가 두 번째로 가족과 함께 즐겼고, 세 번째로는 사람들과 함께 봉사하면서 제주올레를 즐기게 된 것이다. 자원봉사자로 활동하면서 제주올레를 즐기는 분들 중에는 좋은 사람들이 많다는 것을 알게 되었고, 그분들을 통해 참으로 많은 것들을 깨달을 수 있었다.

클린올레에 오시는 분들은 다들 즐거운 표정으로 올레 길의 쓰레기를 줍는 자원봉사를 하시는데, 힘든 청소일임에도 제주올레 길을 통해 받은 고마움을 봉사를 통해 갚는다 생각하면 저절로 미소를 짓게 된다고 말씀하신다. 한두 번의 참석이 아니고 몇 년째 변치 않고 클린올레에 참석하시는 분들을 보면서 나는 큰 깨달음을 얻었다. 그리고 매일 진행되는 '아카자봉 함께 걷기' 프로그램에 한 달에 2~3번씩 어떠한 보상도 없이, 시간과 자비를 들여 자원봉사하시는 분들을 볼 때도 많이 배운다. 그분들은 많은 희생을 하시면서 자원봉사에 참여함에도 불구하고, 오히려 본인들이 더 많은 것을 얻어 간다고 하신다. 참으로 존경스런 분들이시다.

제주올레는 나의 제주 정착에 가장 큰 도움을 준 존재이다. 나는

제주올레를 통해 많은 분들을 알게 되어 큰 도움을 받았다. 그리고 제주올레는 내가 제주에서 살고 싶은 이유 중 하나이다. 올레 길을 걸으면서 제주를 보면 완전히 다른 세상이 보인다. 숨겨진 진짜 제주의 자연과 제주사람들의 진짜 삶을 엿볼 수 있다. 나는 제주올레 길을 걸으며 나를 뒤돌아보고 반성과 다짐을 할 수 있었고, 가족들과 걸으며 무수히 많은 행복한 추억을 만들었다.

나에게 준 제주올레의 선물은 너무나 많다. 내가 6년째 연애 중인 제주올레와의 사랑은 아무리 생각해도 앞으로 60년은 지속될 것 같다.

# 갈치속젓 같은 특별한 가족의 마음을 담다

서승재

쑥스러운 커플티를 입고 신혼 여행을 간 곳이 제주였으니 어찌 보면 제주는 우리 가족의 탄생부터 제법 인연이 깊다. 그래서인지 세 살 터울인 삼형제를 데리고 여름이면 제주를 자주 찾았다. 조천읍 신흥리에 있는 '하얀 민박'은 우리 가족이 즐겨 머무르던 곳이다. 민박집 바로 앞에 아담하고 잔잔한, 깨끗한 바다가 있어서 어린아이들과 물놀이를 하기에 더할 수 없이 좋은 곳이었다.

저녁이 되면 지금은 제주올레 19코스가 된 해안길을 따라 아이들과 함덕해수욕장까지 나들이를 가곤 했다. 서울에서 볼 수 없었던 밤하늘을 가득 채운 별들과 수평선 너머를 환히 비추고 있던 수많은 오징어잡이배들, 오며 가며 거치게 되는 바닷가 마을의 정겨운 골목길, 그리고 끊임없이 귀를 간질이던 아련한 파도소리, 물놀이에 지친 아이들이 일찍 잠자리에 들면 멍게, 해삼을 안주 삼아 아내와 술도 한 잔 하며 늦은 밤까지 '제주도 푸른 밤'을 노래하던 곳, 지금도 그립다.

한적하고 여유로운 휴가지로만 여겨졌던 제주가 새로운 별천지로 다가온 순간이 있었다. 머리를 식힐 겸 한라산 산행을 할 요량으로 제주행 비행기를 탔던 어느 날, 옆자리에서는 동창생으로 보이는 아주머니들이 당시 막 떠오른 제주올레를 주제로 수다에 열중이었다. 어쩔 수 없이 귀동냥을 하다 보니 문득 산행보다 올레 길을 걷고 싶다는 생각이 들었다. 그래서 찾아간 제주올레 1코스.

송송 뚫린 낮은 돌담 너머로 펼쳐진 당근 밭이 무척이나 싱그러웠다. 오솔길을 지나 조금 가파른 길을 숨 가쁘게 올랐다. 그리고 그 순간 눈앞에 펼쳐진 광경에 나는 그야말로 압도되었다. 둥실 떠 있는 우도와 성산일출봉, 그리고 끝없이 펼쳐진 쪽빛 바다와 하얀 뭉게구름. 속된 말로 가성비 최고였다. 4~5시간을 올라 백록담 정상에서, 그것도 구름이 걷힌 운이 좋은 날에나 비로소 만날 수 있던 풍광을 잠깐 동안의 걷기로 바로 눈앞에서 생생하게 볼 수 있다니 정말 대단한 일이었다. 늘 관광객이던 나란 존재가 어느 순간 이 땅의 일부가 된 듯 생경한 황홀감에 빠졌다. 그날 이후로 나는 올레길 맹신도가 되었다.

어느 날 TV에서 군 입대를 앞둔 아들과 엄마가 도란도란 얘기를 나누며 올레 길을 걷는 모습을 보았다. 아마도 아들은 걱정하실 어머니를 안심시켜드리고, 한동안 떨어져 지내면서 느끼게 될 그리움을 미리 채우고 가고 싶은 마음인 듯했다. 어머니도 성장한 아들과 함께 걸으며 아들의 깊은 마음 씀씀이에 든든함과 무한한 신뢰를 갖게 되었을 것이다. 두 사람에게 올레 길은 위로가 되고 힘이 되는 길일 게 분명했다.

문득 나도 저 길을 아들과 걸으며 속 깊은 얘기를 나누고 싶어졌다. 그 무렵, 중학교 2학년이던 둘째는 자꾸 안 좋은 신호를 보내고 있던 참이었다. 큰아들이 어느 날 "아빠, 동생에게서 담배 냄새가 나요. 혹시 담배 피우는 것 아닐까요?" 이런 말을 했다. 둘째는 그렇지 않다고 했고 나도 아이에게서 흡연의 흔적을 찾을 수 없어 대수롭지 않게 여기고 넘어갔다. 그런데 그 즈음, 둘째는 이상하다 싶을 정도로 일찍 잠자리에 들었고 아침엔 오히려 늦게 일어났다. 아내와 나는 한참 성장기인 탓이라고 생각했다.

어느 날 새벽에 나는 인기척을 느끼고 잠에서 깼다. 설마 도둑이 들었나 생각을 하며 아내를 깨우고 살며시 거실로 나왔다. 거기서 우리는 놀라운 광경을 목격하게 되었다. 당시 우리는 컴퓨터를 거실에 두고 있었는데 둘째가 불을 끈 채 컴퓨터 게임에 열중하고 있었던 것이다. 나중에 아이를 추궁하여 알게 된 사실인데 녀석은 일찍 잠자리에 들었다가 온 식구가 깊은 잠에 빠지는 새벽 2시경에 일어나 3~4시간 게임을 하다 늦은 새벽에 잠들어 부족한 수면을 채웠던 것이다. 그러니 학교에 가서는 졸기 일쑤였고 수업 준비물도 제대로 챙겨가지 못하니 남아서 화장실 청소를 도맡아 했다. 덩달아 학원에 늦거나 빠지는 일도 다반사였다.

앞서 의심했던 담배 냄새도 피시방에서 묻혀온 것이었다. 수강등록을 하러 학원에 갔더니 접수원이 친절하게도 이번 달 수업료는 안 내도 된다고 했다. 아이가 지난 달에 수업을 몽땅 빠져서 그걸 이월해준다는 것이었다. 아이는 학원 수업 시간에 자전거를 타고 인근을 배회하거나 피시방에 다녔던 것이다. 상황은 생각보다 심각했다. 중학교 2학년이면 자아가 생겨서 부모 뜻대로 다그치기도 어려운 나이고 무엇보다 게임중독은 쉽게 고치기 힘든 병이기 때문이었다. 요즘 게임은 아주 재밌어서 어른들도 쉽게 빠지는데 아이들은 오죽할까 하는 생각도 들었다.

큰아들은 사춘기가 있었는지도 모를 정도로 수월하게 지나갔다. 우리 부부는 우리가 부모 노릇을 제법 잘해서 그런 것이라고 생각했다. 맞벌이를 하는 터라 아이들과 많은 시간을 함께하고자 수시로 가족 여행을 했고, 틈나는 대로 전시회나 영화관도 함께 다니며 아이들과 소통하려고 노력했다. 나는 아이들에게 더 나은 먹거리를

준비하기 위해 요리학원에서 '밑반찬' 반을 수강하기도 했다. 그래서 별 어려움 없이 둘째도 사춘기의 바다를 무난히 건너리라 생각했다.

그 일 이후 아이는 제 방에 틀어박혀 멍 때리는 시간이 많아졌다. 부쩍 말수도 줄어들었고 만사에 의욕상실 증세(?)를 보였다. 아내와 나는 정신과 상담까지 고민하고 있었다. 문제는 시간이 흐를수록 둘째에 대한 우리의 믿음이 조금씩 줄어든다는 것이었다. 좋은 부모가 되려고 늘 고민하고 많은 것을 희생하며 살아왔는데 정작 녀석이 감쪽같이 우리를 속였다는 데서 오는 서운함과 배신감이 생각보다 크게 느껴졌다. 자신도 어쩔 수 없는 '이성과 감성의 널뛰기 시절'을 보내고 있던 아들도 아마 우리에게 미안함과 서운함, 억울함을 함께 느끼고 있었을 것이다. 그러던 차에 TV에서 본 올레길을 함께 걷는 엄마와 아들의 모습은 어둠 속의 빛처럼 내게 영감을 주었다.

노상 시무룩해 있는 둘째에게 올레 길 이야기를 꺼내니 시큰둥하지만 그래도 허락해주었다. 막상 아이와 함께 걸을 생각을 하니 미리 고민해야 할 것이 많았다. 얇게 언 얼음 위를 함께 걷는 느낌이랄까, 깨어질까 두려워 조심스럽게 달걀을 쥐고 가는 심정이었다. 이 녀석은 어떤 길을 좋아할까? 입맛이 제법 까다로운데 어떤 음식을 먹어야 할까? 체력은 충분할까? 등등. 생각보다 아이에 대해 아는 게 많지 않았다. 불현듯 '이제까지 아이들과 소통이랍시고 나만 일방적으로 얘기하고 아이들의 말은 듣지 않았구나' 하는 생각이 들었다. 미스터리투성이인 중학교 2학년인데 너무 소홀했다는 때늦은 후회가 밀려왔다.

나는 제주 여행을 늘 버스터미널 모퉁이에 있는 간이식당에서 고기국수를 먹는 것으로 시작한다. 대개는 새벽 비행기를 타고 오는 터라 아침밥 삼아 국수 한 그릇을 말끔히 비우면 비로소 제주에 온 느낌이 든다. 여행은 걷는 만큼 보인다고 했던가. 가족이 함께 올 땐 불가피하게 차를 빌리는 경우도 있지만 주로 버스를 타고 목적지로 이동하여 걷는 편이다. 그래서 공항에 내리면 100번 버스를 타고 출발점인 버스터미널로 오는 것이 습관이 되었다. 다행히 둘째는 배가 고팠던지 고기국수를 맛있게 먹었다. 느낌이 좋았다. 우리는 제주 올레 10코스를 걷기로 하고 화순항으로 향했다.

확실히 수업을 빼먹고(?) 밖으로 나오니 아이는 기운차 보인다. 제법 묵직한 배낭을 짊어지고도 여유 있게 앞서 나간다. 모든 게 순조로웠는데 오히려 화근은 나의 조바심이었다. 모처럼 둘째랑 단둘이 걷는다는 생각에 초반부터 의욕이 지나쳤다. "나이도 제법 됐는데 미래를 생각해야 하지 않겠니?", "어른이 되면 무엇을 하며 살 거니?", "여자친구는 없니?", "게임 좀 줄일래?" 녀석은 아빠의 지나친 관심이 견디기 힘들었는지 나를 팽개치고 앞서 가버렸다. 여전히 '더하기 빼기'에 익숙한 나는 어렵게 만든 아들과의 여행을 망치고 있었던 것이다.

걷다 보면 생각이 단순해진다. 복잡한 상념도 점점 줄어들고 마침내는 버리게 된다. 특히 올레 길에서 순간순간 만나는 아름다운 풍광은 머릿속 대단한 골칫거리도 사소한 것으로 만드는 기적을 발휘했다. 꼭 빼어난 경치가 아니라도 꾸준히 걷는 행위만으로도 마음의 짐이 상당히 줄어들었음을 느끼게 되었다. 서두르지 말고 욕심내지 말자. 즐겁게 걷고 맛있는 것 먹으면서 재밌게 지내자. 그러자 신기하게 마음이 편해지고 주변의 경치가 보이고 시원한 바람도 느껴졌다.

다행히 녀석은 멀리 가지 않고 나를 기다려줬다. 그러고는 태풍에 떠밀려 해변으로 올라온 난파선을 살펴보고 있었다. 아빠를 두고 먼저 가버린 자신의 행동이 쑥스러워 넌지시 기다리고 있는 것처럼 보였다. 어쨌든 고마운 일이다. 제주올레 10코스 초반의 해변길은 모래사장과 바위더미를 헤치고 가야 한다. 다소 거친 길인데도 녀석은 무척 신이 나 있었다. 답답한 도시를 벗어난 것으로도 즐거울 일이었다. 용머리해안에 이르니 유명한 배가 또 나타났다. 바로 '하멜 표류기'에 나오는 네덜란드 난파선이다. 교과서에서 본 내용

이 나오니 자연스럽게 녀석도 말이 많아졌다. 이쪽 해변에 난파선이 많은 이유를 연구해보겠다는 포부까지 밝히면서.

관광객이 북적이는 용머리해안, 송악산 전망대를 지나 갈대밭을 조금 길으니 '섯알오름'이 나온다. 사실 제주올레 10코스를 택한 것도 녀석에게 이곳을 보여주고 싶어서였다. '백조일손묘역'이 그것이다. 우리 땅 어디에나 한이 서려 있지만 제주는 유난히 한이 많은 곳이다. '백조일손묘역'은 그런 상징과도 같은 장소이다. 이곳은 한국전쟁 당시 예비검속으로 집단학살된 수백 명의 희생자들이 묻힌 곳이다. 유골이 서로 섞여 도저히 신원을 확인할 수 없자 유족들이 '백 할아버지의 한 자손'이란 의미로 '백조일손묘역'을 조성한 것이다. 사정을 알게 된 아이는 상당히 당황한 눈치였다.

걸으면서 제주의 역사와 사람도 함께 알았으면 하는 바람이었다. 난파선에서부터 말문이 트인 녀석은 이것저것 묻는 것도 많고 제 생각도 제법 조리 있게 말하고 있었다. 어느 순간 우리 둘 사이의 벽이 사라진 듯한 느낌이었다. 올레 길의 무엇이 우리 사이의 벽을 허물었는지는 모르겠다. 멋진 풍광일 수도, 정겨운 골목일지도, 시원한 바람 한 줄기이었는지도, 어쩌면 알 수 없는 기운을 포함한 그 모두였으리라.

종착지인 하모리에 도착해 게스트하우스에 짐을 풀고 가까운 흑돼지 전문식당을 찾았다. 서울과 달리 제주에선 돼지구이를 갈치속젓에 찍어 먹는다. 쌈장과 먹을 땐 잘 몰랐던 깊은 맛이 느껴진다. 겉도는 맛이 하나도 없다. 아들과 나 사이도 아침엔 서먹서먹했는데 저녁엔 한층 살가운 사이가 되어 있었다. 그저 걷기만 했는데 올레 길에는 갈치속젓 같은 뭔가 특별한 작용이 있는 모양이다. 나는 한라산 소주를, 녀석은 사이다를 각 1병 하며 사이좋게 하루를 마무리했다.

올레 길에는 길 자체의 아름다움뿐 아니라 그 이면에 치유와 소통의 힘을 동시에 지녔다고 생각한다. 제주 땅 곳곳에 깃든 신묘한 힘이 자연과 사람, 사람과 사람 사이를 이어준다고 믿고 싶다. 올라오는 길에 제주 동문시장에 들러 갈치속젓을 샀다. 서울에 있는 식구들에게도 올레 향이 잘 밴 속젓을 맛보이고 싶었다.

# 아빠가 달라졌다,
# 길 위에 길이 있었다

조아라

아빠가 달라졌다. 올레 길을 걷기 위해 아빠가 변한 것이다. 올레!

뇌졸중으로 쓰러진 아빠는 7년 동안 재활치료를 받았다. 그 긴 시간 동안 아빠의 일상은 집과 병원을 오가는 게 전부였다. 후유증으로 오른쪽 팔과 다리를 쓰는 게 쉽지 않고, 언어능력과 인지능력이 떨어져 의사소통마저 쉽지 않은 상황. 혼자서는 집 밖을 나서는 것조차 불가능했던 아빠가 올레 길을 걷겠다고 나선 것이다. 어떤 용기가 생겨서인지 아빠는 즐겁게 올레행을 준비했다. 그것도 몇 년간 병원생활을 하며 친해진 다른 뇌졸중 환자들과 함께. 대체 어떤 용기가 생겼던 걸까.

걷기 좋은 길로 알려진 올레 길이지만 그건 어디까지나 일반인의 입장에서였다. 평지도 지팡이와 보호자에게 의존해 걸었던 아빠가 과연 언덕길과 차도를 걸을 수 있을지 걱정스러웠다. 하지만 그런 걱정이 무색하게 아빠는 우직하게 올레행을 준비했다.

아빠는 틈나는 대로 집 주변을 걸었고 주말엔 엄마와 함께 천천히 관악산을 정복해갔다. 우공이산이라고 했던가. 아빠는 끝내 정상에 올라섰다. 평탄하지 않은 보도블록은 걷지조차 못했고, 계단 하나를 오를 수 없어 몸이 떨렸던 아빠가 대중교통을 타고, 언덕을 올라 정상에 다다른 것이었다. 그렇게 올레행을 준비하는 모습을 보며 조금씩 희망이 생겼다. 계획했던 제주올레걷기축제의 참가가 꿈이 아닌 현실이 될 것 같았다. 자원봉사자들이 함께하지만 그래도 마음 한편으로는 보호자도 없이 혼자서 어떻게 올레 길을 걸을 수 있을지 걱정이었다. 그런 마음을 뒤로한 채 아빠는 올레 길로 향했다. '함께올레친구들'이라는 이름으로 모인, 세상에서 가장 멋진 동료들과 함께.

제주올레 1코스를 걷는 것으로 3박 4일간의 일정이 시작됐다. 이틀간 제주올레 1코스를 걷고, 제주올레걷기축제가 열리는 광치기 해변에서 함께올레친구들의 대장정을 마무리하는 계획이었다.

일정에 맞추기 위해 아빠는 오전 8시 반 성산 1코스에 섰다. 말미오름을 내려와 점심식사를 하며 짧은 숨을 돌린 뒤 다시 오후의 일정을 시작했다. 종달초등학교를 지나 숙소에 도착하기까지 꼬박 일곱 시간을 걷는 강행군이었다. 울퉁불퉁한 오름, 그늘 하나 없는

아스팔트 위를 아빠는 뚜벅뚜벅 걸었다. 목표를 이루고자 하는 노력과 응원해주는 분들의 따뜻한 마음은 아빠에게 힘이 됐다. 계단이 두려워 오르지도 내려가지도 못한 채 중간에 멈춰 서기 일쑤였던 아빠가 외나무다리를 건넜고, 경사진 언덕길을 내려왔다. 이가 없으면 잇몸이라고 했던가. 두 다리가 불편하면 엉덩이로 앉아 언덕을 내려왔다. 그렇게 무사히 6킬로미터를 걸었다.

문제는 다음 날이었다. 비와 바람이 많은 제주의 날씨가 변수였다. 지친 하루를 보냈지만 아빠의 하루는 오전 6시부터 시작됐다. 채비를 하고 올레 길에 선 시각은 오전 8시 반. 아침부터 날씨는 거센 비바람으로 심상치 않았다. 다른 올레꾼들은 비가 그치기를 기다리는지 길 위엔 아빠와 친구들밖에 없었다. 서로가 서로에게 의지하며 걸어가는 길. 조금은 위험해 보이는 걸음. 포기해도 아무도 뭐라 말할 수 없는 상황이었지만 아빠는 걸음을 멈추지 않았다. 그 짧은 시간 동안 좁은 길을 걷는 방법을 배웠고 그것을 몸에 익혀 자신만의 걸음을 걸었다. 그렇게 아빠는 비탈진 자갈길을 내려와 목표지점에 다다랐다. 믿음을 주는 멋진 동료들, 그리고 하고자 하는 의지가 만들어낸 값진 성과였다.

용기와 희망으로 아빠는 계획된 일정을 완주했다. 우직하게 올레 길을 걷고 집으로 돌아온 아빠의 얼굴엔 생기가 가득했다. 가을볕에 얼굴이 좀 탔지만 그조차도 아빠의 시간을 예전으로 되돌린 흔적처럼 느껴졌다.

집으로 돌아온 아빠는 한 손으로 찍은 사진들을 보여주며 사진 속 순간들을 열심히 말해주고 싶어 했다. 한 걸음 한 걸음 발을 내딛을 때마다 아빠는 무슨 생각을 했을지 궁금했다. 언어를 잃은 입술로는 또 무엇을 말해주고 싶었을까. 올레 길을 함께 걸었던 이들에게 고마움을 표현하고 싶었을까. 올레 길에서 돌아온 아빠를 보며 나는 이런 생각이 들었다. 그리고 사진과 기억 속에 남은 올레의 순간들이 아빠의 일상을 조금이나마 풍요롭게 만들어줄 것이라 믿었다.

아빠는 달라졌다. 올레 길을 걸은 뒤로 무엇이든 해낼 수 있다는 자신감을 얻은 듯했다. 올레 길에서의 3박 4일은 아마도 아빠에게는 분명히 전환점이었을 것이다. 올레 길 이후 아빠는 가족들에게 의지했던 불안감이 사라진 것처럼 보였다. 여전히 누군가의 도움이 필요했지만, 그래도 아빠는 혼자서 밥을 먹고, 몸을 씻고, 잠을 잤다. 모두가 당연하다고 생각하는 일상을 올레 길을 통해 되찾은 것이었다. 여행을 그저 일상의 쉼으로만 생각했던 나는 머리를 한 대 얻어맞은 기분이 들었다. 올레 길이 아빠를 성장시켰다는 게 놀라웠다. 길 위에 길이 있었던 것이다.

사실 내게 길은 그저 길이었다. '걷는다'는 단순하고 반복적인 행

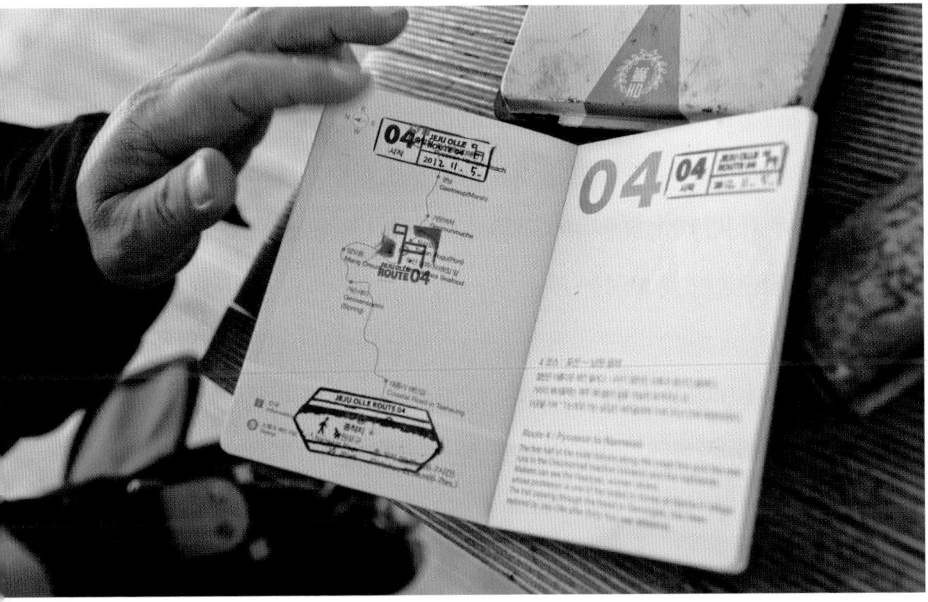
04
2012. 11. 5.
ROUTE 04
JEJU OLLE ROUTE 04
04

위가 삶에 변화를 줄 것이라고는 생각하지 않았다. 그래서인지 올레 길에서 희망을 얻었다는 사람들의 이야기가 낯설게만 느껴졌다. 올레 길을 걷는 게 현대인의 힐링 트렌드로 인기를 얻어도 무심하게 한 발짝 물러나 있던 나였다. 단순히 앞을 향해 걸어가는 행위에 열광하는 사람들이 조금은 이해되지 않았다. 길을 걷는 건 그저 목적지로 나아가는 행동일 뿐이었기 때문이다. 하지만 아빠는 '길 위에 길이 있다'는 걸 몸소 보여줬다. 단순해 보이는 그 길을 걷기 위해 노력했던 아빠의 순간들이, 몸의 불편함을 극복하고 스스로 일상을 되찾기 위해 애썼을 아빠의 열정이, 서툴지만 끝까지 성취해낸 아빠의 끈기가 나를 변화시켰다.

단순히 길에 대한 관점만 달라진 게 아니었다. 합리주의와 개인주의가 팽배한 요즘 시대에 나는 얼마나 이타적일 수 있을지 되돌아보게 만들었다. 아빠의 올레행은 아빠 혼자만의 노력으로는 이룰 수 없다는 걸 잘 알고 있기 때문이다. 아빠가 올레 길을 통해 일상을 되찾을 수 있었던 것은 자원봉사에 나서준 분들 덕분이었다. 길 위에서 만난 그분들을 보면서 참 많은 생각이 들었다. 처음 만난 누군가에게 나는 얼마만큼의 호의를 베풀 수 있을지, 그리고 장애를 갖게 된 누군가를 동료로서, 친구로서 진심으로 대할 수 있을지 몇 번이고 같은 질문을 나에게 던져보았다. 그리고 결심했다. 나도 누군가에게 일상을 되찾아주는 그런 사람이 되고 싶다고.

반신반의했던 첫 올레 길 이후 아빠는 매년 올레 길로 향한다. '언제쯤 올레 길을 걸을까?' 하며 달력을 넘겨보는 게 우리 가족에겐 새로운 한 해가 시작됐음을 알리는 표시이다. 함께하는 멋진 사람들과 아빠는 두 번의 올레 길을 걸었고, 이제는 또 다른 길 위를 걷기 시작했다. 집 밖을 나서서 세상의 많은 길 위에 두 발을 내딛게 된 것이다. 올레 길을 통해 성장하는 아빠를 지켜볼 수 있어서 행복하다. 그리고 아빠가 올레 길을 걸을 수 있게 도와준 고마운 분들을 만날 수 있음에 감사하다. 무엇보다 올레 길을 걸으며 잃어버린 자신을 되찾아가는 아빠가 자랑스럽다.

"올레 길, 너 참 고맙다."

9月

# 이별 여행에서 평생의 짝으로

유나연

온 나라에 걷기 열풍을 불러일으킨 올레 길을 걷기 위해 남자친구와 제주 여행을 계획했다. 배편을 예약하고 들뜬 마음으로 여행 준비를 하던 어느 날, 그의 술버릇으로 인해 일어난 큰 다툼은 서로에게 회복하기 어려울 정도의 마음의 상처를 남기며 이별을 예고했다. 여행을 갈까 말까에 대한 고민도 하지 않았다. 당연히 함께할 이유가 없었다. 그러나 한동안 연락이 없던 그는 여행이 며칠 남지 않은 어느 날 나타나서 이번 여행까지만 함께하자며 이별 여행을 제안했다. 며칠을 고민하다 못 이기는 척 제안을 받아들였다.

2009년 10월 1일 목요일은 명절 연휴 전날이었다. 제주로 출발을 하며 우리는 그렇게 따로 또 같이 하는 이별 여행을 떠났다. 배 안에서도 그는 내게 모르는 사람이었다. 배 안에서부터 온전히 혼자의 시간을 갖고 싶었다. 함께한 오랜 시간에 대한 미련을 떨치기 위해서는 생각을 정리할 시간이 필요했다. 그러나 그는 말만 걸지 않았을 뿐이지 껌딱지처럼 내 옆에 붙어 있었다. 그러는 사이 제주국제여객터미널에 도착한 시간은 저녁 7시 30분이었다.

제주에는 게스트하우스가 많았지만 그는 굳이 텐트를 치겠다며 집채만 한 80리터 배낭을 메고 왔다. 3박 4일 동안 먹을 비상식량이며 생필품을 꽉꽉 채워서 말이다. 그러나 우리가 도착한 제주에는 비가 내리고 있었다. 이미 늦은 시간에다 기상 조건까지 도와주지 않은 탓에 텐트를 치기는 어려웠다.

택시를 이용해 서귀포시에 있는 둥지황토마을 게스트하우스로 이동했다. 이미 저녁 9시가 넘은 시각이었다. 각자 숙소로 들어갔지만 그는 곧 다시 나왔다. 들어가 잠을 잘 리 없었다. 오기 전 지인들로부터 제주올레에 가면 게스트하우스에 모인 올레꾼들이 밤마다 모여 저마다의 인생 이야기꽃을 피운다는 얘기를 전해 들었던 탓이다. 역시나 이곳 게스트하우스의 풍경도 다르지 않았다. 비가 추적추적 내리고 있는 늦은 밤인데도 천막으로 만든 간이 휴게소에는 숯불에 고기를 구워 먹으며 20명가량의 올레꾼들이 모여 이야기꽃을 피우고 있었다. 그는 올레꾼들이 모여 있던 휴게소를 기웃기웃하더니 어느 순간 그들과 함께 동화되기 시작했다.

여행 출발 전 제주올레 길을 만드신 서명숙 이사장님의 책, 『제주올레여행』을 읽고 가지고 갔다. 그 안에는 버프로 얼굴을 모두 가리고 눈만 살짝 내놓은 서동철 탐사대장님의 사진이 나온다. 그 사진 한 장을 보았을 뿐인 그는 그 자리에 앉아 있던 서동철 탐사대장님을 한 번에 알아봤다. 그러곤 "이~ 동철이~"라고 소리를 쳤다. 이제 겨우 삼십 대 중반의 친구가 오십이 넘은 분에게 "어~동철이~"라고 소리치고는 자신도 놀라 어쩔 줄 몰라 했다.

이렇게 만난 서동철 탐사대장님을 시작으로 우리는 서명숙 이사장님과 인연을 맺을 수 있었다. 이사장님과 함께 걷기 위해 제주올레 1코스부터 순차적으로 걷기로 했던 계획을 변경했다. 두 분이 걷는 제주올레 3코스를 하루 종일 졸졸 따라 걸었다. 두 분은 이렇게 종종 올레 길을 직접 걸으며 점검한다고 했다. 따라 걷는 내내 많은 이야기를 나누었고 어찌 제주에 오게 되었는지도 물으셨다. 이별여행을 왔다는 답변에, 말도 없고 얼굴 표정도 좋지 않은 나를 보고 '왜 그럴까?'라는 생각을 했는데 이제야 그 이유를 알겠다고 하셨다.

제주올레 3코스 내내 함께 걷는 분이 서명숙 이사장님이란 사실을 알게 된 올레꾼들이 하나둘 합류하면서 그 수가 꽤 많아졌다. 덕분에 그가 준비해간 비상식량은 점심 한 끼 식사로 모두 소진되었다. 명절 전날이라 중간에 하나 있던 음식점마저 문을 닫았기 때문

이었다. 3박 4일 동안 먹으려고 가져간 라면이며 즉석비빔밥이 남아날 리 없었다. 3코스를 마쳤을 때는 이미 해가 지고 어두워졌다. 이사장님은 비상식량을 준비해온 그에게 고맙다며 저녁 식사를 사주었다. 오겹살에 소주까지 한잔하면서 얼마나 힘들게 이 길을 만들었는지, 그 안에 어떤 수고와 아름다움이 있었는지에 대해서도 전해 들을 수 있었다.

올레 길을 걷는 내내 위태로웠던 우리에게, 이사장님은 이사장님의 결혼생활과 사랑에 대해 말씀해주셨다. 그리고 헤어지기 전 "친구가 참 멋지고 자상한 듯하다. 다툼의 원인이 되었던 단점 하나를 고치면 정말 멋진 사람인 듯하니 다시 생각해보라"는 말씀을 남기셨다. 그렇게 그날의 만남은 오랫동안 기억될 추억을 남긴 채 끝이 났다.

이후 3일 동안 둘만의 올레 길을 걸었다. 친구로, 연인으로 지내오며 나누었던 그 어떤 대화보다도 진지하고 진솔한 많은 이야기를 나누었다. 상처 난 마음을 감추기 위해 그대로 감아버렸던 붕대를 풀어냈다. 치료제를 바르고 새살이 돋아날 수 있는 위로의 시간을 서로에게 주었다. 그리고 그 시간 동안 서로의 마음을 확인할 수 있었다. 온전히 둘만의 시간을 가질 수 있었던 걷기 여행에서 그는 자신의 단점을 고치기로 약속을 했다. 그렇게 우리는 화해를 했고, 해

답을 찾을 수 있었다.

이별 여행을 떠난 제주의 올레 길은 우리에게 치유의 시간을 갖게 해주었다. 그 뒤로도 종종 올레 길을 찾았고 더 많은 대화를 통해 서로의 소중함을 더 깊이 알게 되었으며, 더 많이 아끼고 사랑하게 되었다. 그는 약속대로 단점을 거짓말처럼 고쳐주었다. 그리고 2년 후, 2011년 11월 19일에 서명숙 이사장님의 주례로 우리는 결혼식을 올렸다. 그리고 결혼 1년 후 2012년 11월 13일에 태어난 첫 아들을 시작으로 16개월 차이로 아들 둘을 더 낳아 아들만 셋을 둔 다섯 식구가 되었다.

결혼 후 우리가 잘 살고 있는지에 대해선 알 수 없다. 때론 힘들어 '내가 미쳤지 아들을 셋이나 낳다니, 그냥 혼자서 맘 편히 살 것을'이라는 생각이 들기도 하지만 순간순간 행복감이 느껴지는 걸 보면 그때의 이별 여행에서 서명숙 이사장님과의 만남은 운명이었는지도 모르겠다. 올레 길에서 만난 서명숙 이사장님이 아니었다면 어떻게 되었을까? 올레 길과 그 길에서 만난 인연이 우리에게 화해할 수 있는 계기를 만들어준 것은 확실하니 말이다.

치유의 길, 인연을 만들어가는 길, 행복을 주는 길! 제주올레 길은 시끄러운 두 친구의 다툼도, 잔잔한 대화도, 오랜 시간의 침묵까지도, 모두 묵묵히 지켜주고 들어주었다. 화해의 시간 동안 좋은 친구가 되어주었고, 위태로웠던 우리에게 가족의 소중함과 더불어 함께할 때의 행복을 느낄 수 있는 계기를 만들어준 제주올레 길에 진심 어린 고마움을 전한다.

# part 3

# 다시 시작하는 삶,
# 도전은 아름다워라

# 회춘의 명약, 올레 길

유향숙

내 나이 올해로 칠순, 올 봄도 우린 어김없이 아홉 번째 제주올레 길을 준비하고 있다.

지금으로부터 8년 전인 2009년 8월 23일, 환갑, 진갑이 다 지난 늦은 나이에 초등학교 동기 아홉 명이 2박 3일 제주올레 길을 나서기 위해 뭉쳤다

처음 들어보는 낯선 단어인 올레! 올레가 무얼 의미하는 건지, 무슨 뜻인지도 잘 모르고 제주올레에 대해 들은 경험담도, 사전지식조차도 전혀 없이 우연히 읽게 된 서명숙 님의 제주올레 이야기인 『제주올레여행』이란 책 한 권에 빠져 그 책에 의지하여 아홉 명의 초등 동기 할매들은 용감하게 바다를 건너 제주로 날아갔다.

제주공항에서 물어물어 찾아간 제주올레의 첫 관문인 제주올레 1코스 시작점에서 길가에 놓인 돌 위에 그려진 파란 이정표를 발견

하면서부터 가슴은 쿵쾅거렸고 드넓은 들판에 까만 돌담들, 그 사이 길게 누운 하얀 길에 첫발을 딛는 그 역사적인 순간에 우린 벌써 올레 길에 빠져들기 시작했다.

그렇게 가슴 설레며 시작한 올레 길, 제주올레 1코스 말미오름에 오르니, 눈앞에는 파노라마같이 장관이 펼쳐졌다. "이곳이 제주다!"라고 소리치며 다가오는 제주풍경에 칠십 평생을 육지에서만 보낸 노친네 아홉 명은 혼이 나간 듯 말을 잇지 못했다. 알오름을 내려와 천막에서 먹었던, 세상에서 제일 시원했던 얼음미숫가루는 지금도 그리울 정도이고, 종달리마을 동구나무 아래서 만난 인심 좋은 동네 할머니들과의 정겨운 담소, 해 지고 만난 성산일출봉의 신비함도 잊을 수 없다. 이렇게 제주올레 1코스를 무사히 끝내고 제주올레 1코스 시작을 기점으로 그다음날 해안 절벽의 아름다움을 실감나게 경험케 한 큰엉경승지 산책길, 넙빌레 노천탕에서 올레 길에 지친 발을 담갔을 때의 그 시원함, 느림의 미학을 알게 해준 쇠소깍의 테우가 있는 제주올레 5코스를 끝내고 첫 올레 길을 기대 이상의 효과를 거두며 성공적으로 마쳤다. 그리고 올레 길이란 생소하고 신기하고 감동스런 이 새로운 길에 우리 아홉 명 친구들의 영혼이 꽂혀버려 또 다른 코스의 올레 길이 궁금해지기 시작했다.

'새로운 올레 길엔 과연 또 무엇들이 우리를 감동시킬까?' 궁금

증과 기대가 호기심으로 변해 함께 올레 길을 끝까지 걸어보자며 굳게 약속하고 다짐까지 하였다. 8년이 지난 지금까지도 우린 그 약속을 꾸준히 지켜나가며 열심히 올레 길을 걷고 있는 중이다. 2017년 봄에도 제주올레 18-1코스 추자도를 계획하고 두 명이 더 추가된 열한 명의 친구들이 올레 길을 떠날 날만 기다렸다.

이렇게 시작한 첫 올레 길 이후 걷게 된 올레 코스는 모두 17개 코스. 드넓은 무밭에 추수 뒤에 뒹굴고 있는 남은 무들을 뽑아들고 아깝다고 깎아 먹으며 걷던 길, 김영갑 갤러리 두모악의 아기자기한 정원에서 김밥을 맛있게 먹고, 〈사운드 오브 뮤직〉 영화 속 초원을 연상시킨 바다목장과 표선 해수욕장의 빗살무늬 모래사장에서 우릴 동심으로 돌아가게 했던 제주올레 3코스, 섬 안의 섬, 샛노란 유채꽃이 아기자기한 예쁜 길과 올레 길 내내 갖가지 바다 풍경으로 눈이 호강했던 우도 1-1코스, 바닷물과 민물이 만나 멋진 풍경을 연출한 쇠소깍에서 시작해 이중섭 생가에서 이중섭 화가를 만날 수 있고 제주도민들의 생활상을 엿보며 눈요깃거리가 쏠쏠했던 올레중앙시장이 있던 제주올레 6코스, 바다 가운데 우뚝 선 외돌개가 하얗게 부딪치는 파도를 휘몰아 감고 주위를 둘러싼 기암절벽과 어우러진 절경에 넋을 잃었으며 빗속에서 미끄러지며 걸어도 너무 아름다웠던 일강정 바닷길과 발목까지 차오른 빗물길을 걸어갔던 강정 마을, 시작점에서 도착점까지 장대비 속을 걸으면서도 내내 눈이 즐거웠던 제주올레 7코스, 짙은 안개 속 희미하게도 보이지 않았던 박수기정의 모습을 못내 아쉬워하며 입구에서부터 내려오는 물길을 거슬러 올라가 안개와 비 사이를 헤매다가 안덕계곡의 물소리에 길 찾아 내려왔던 제주올레 9코스, 산방산 아래 화순해안으로 펼쳐진 그림 같았던 풍경, 용머리 해안 앞 점잖게 앉은 하멜 선장, 흐드러지게 핀 무꽃 속에서 천혜의 비경으로 다가온 송악산 아래 해안절벽의 아찔한 아름다움과 걷는 내내 따라오는 산방산과 형제섬이 있는 바다가 눈 감아도 떠오르는 제주올레 10코스.

청보리가 물결되어 파도처럼 일렁이던 가파도의 청보리밭, 청보리축제 무대에서 신나게 노래 불렀던 제주올레 10-1코스, 차귀도를 바라보며 기암괴석의 해안 절벽길을 걸어가며 억새들 속에서 낭만을 맘껏 즐겼던 생이기정 바당길과 몇 년 전 올레 길에서 만난 꽁지머리 총각과 수월봉 정상 아래 푸드트럭에서 우연히 재회하여 반가웠던 제주올레 12코스, 소인국에 온 듯한 착각이 들게 한 아주 작고 앙증맞은 교회가 있고 의자 공원에서 의자도 예술이 될 수 있음을 알게 해준 제주올레 13코스, 다양한 숲길과 광활한 선인장 밭이 이색적이었던 월령 해안가의 에메랄드빛 바다와 아름다운 비양도를 내내 눈에 담고 걸으며 거대한 풍력기가 바다와 어우러진 멋진

풍경 속에 명경처럼 맑은 물이 인상적이었던 금산, 협재해수욕장이 있는 제주올레 14코스, 문도지오름에서 우릴 따라온 하얀 말에 놀라 넘어진 친구도 오름에 올라 초록빛 곶자왈의 지붕이 바다처럼 펼쳐진 장관을 보며 마음을 달랬던 곳.

〈아바타〉 영화의 주인공이 된 듯 사방이 희귀한 식물과 넝쿨로 뒤덮인 곶자왈 길이 너무도 신비롭던 제주올레 14-1코스, 한림항이 있는 한수리바닷가 솟대 위의 갈매기들, 금산공원 안 원시림의 서늘함이 여름만 되면 생각나는 제주올레 15코스, 고내포구에서 시작해서 돌염전과 소금빌레가 펼쳐진 구엄포구 사이의 다양한 해안길을 지루한 줄 모르고 걸어 걸어 만난 노오란 귤밭들, 인심 좋은 공짜 귤로 배를 불리고 옛토성 항파두리 가는 길에 줄지어 선, 키 큰 나무들이 너무도 멋졌던 제주올레 16코스, 이호테우해변에서 바다를 지키는 하얀빨강 등대가 눈을 사로잡고 해 질 녘 도두봉에서 내려다본 멋지게 흐르던 노을 아래 제주 시내가 한눈에 들어왔던 제주올레 17코스, 아픈 역사의 현장인 4.3사건의 만행이 몇십 년이 지난 지금까지 또렷이 남아 있는, 빈 집터들에 덮인 잡초들을 헤집고 피어난 노란꽃이 애처롭게 아름다웠던 제주올레 18코스, 솔향 가득한 서우봉숲에서 내려다본 물빛 고운 바다와 하얀 모래밭에 선 야자수가 이국적인 함덕해수욕장, 마을길 들길 숲길이 다양하게 이어져 지루한 줄도 모르게 걸었던 제주올레 19코스.

제주올레 18-1 추자도 코스와 제주올레 20코스를 다녀오면 이제 남은 코스는 몇 코스 안 남았지만 우리 나이 지금 막 칠십.

지나온 날들을 뒤돌아보니 우리 인생의 황혼기에 올레 길을 만난 건 내 인생 뒷자락에 만난 크나큰 행운이었고 그동안 열심히 살아온 상으로 받은 귀한 선물이었다. 이렇게 올레 길은 우리에게 무한한 의욕과 활력을 심어주었고 할 수 있다는 용기와 도전, 희망, 그리고 해냈다는 자신감과 자부심을 안겨주었다.

올레 길을 만나기 전, 퇴직 후에 오는 상실감과 일상의 무료함이 생활의 나태함과 인생의 무상함까지 불러일으켜 삶의 질이 떨어지고 신체건강과 정신건강까지 해칠 위기에 우리 곁을 찾아온 제주올레!

올레 길을 만나고 난 이후 우리들의 노후생활은 보통의 평범한 노인들과는 판이하게 달라졌으니 매년 두 차례의 올레 길을 준비하며 항공권 예매부터 올레 코스에 따라 숙소 예약, 올레 일정에 따른 전반적인 계획과 준비를 하며 자식들 도움은 전혀 받지 않고 우리 스스로 인터넷을 이용하여 제주의 모든 것을 뒤지고 찾아 가장 편리하고 효율적인 완벽한 올레 길 여행준비를 하는, 디지털 시대에 발 맞춰가는 최신식 노인으로 변하게 되었다.

언제 어디서든 무엇이든지 자신 있게 해내는 당당하고 멋진 어르신으로 우뚝 서게 되었으니 이게 바로 제주올레의 위대한 힘일 것이다.

8년 전 올레를 시작할 때만 해도 가족과 지인들은 한두 번 가다가 말겠지 하며 무심히 보다가 계속해서 매년 열심히 가는 우리를 보고 노인네들이 무리를 한다고 걱정하며 만류를 했었는데 이제는 대단들하시다며 응원까지 보내고 있다. 요즈음 우리의 올레 길을 부러워하는 주위의 친구들을 볼 때면 우리가 끈기를 갖고 줄기차게 올레 길을 걸어온 것이 자랑스럽기 그지없고 무한한 자부심까지 느끼며 대견한 마음이다. 매년 두 차례 봄 가을, 올레 길 가는 날짜를 미리 잡아놓고 잡힌 올레 일정을 우선순위로 둔다. 그리고 집안 행사들을 겹치지 않게 하여 마음 편히 올레 길을 다녀올 수 있도록 해놓았으니 이제는 올레 길이 우리의 삶 속에 가장 중요한 자리를 차지하고 있다.

우리의 노년에 삶의 희망과 낙이 되어버린 제주올레!

봄 올레 다녀와서 그때부터 가을 올레 준비하고, 가을 올레 다녀오면 또 그때부터 봄 올레 준비로 1년 열두 달을 올레를 가기 위해 사는 셈이다. 살아가며 일상사 걱정과 시름으로 우울함과 짜증이

날 때도 올레 길 떠날 생각만 하면 단번에 힘겨움이 날아가고 또 올레 길을 걷기 위해 꾸준히 운동까지 열심히 하니, 늙느라고 하루가 다르게 이곳저곳 아픈 데가 생기는 지금의 우리 나이에 아픈 곳은 커녕 점점 건강해지고 젊어지는 느낌이니 이것이야말로 올레 길은 만병통치약이요, 회춘의 명약이라.

제주올레 길은 앞으로 남은 생을 건강하게 살아가는 힘이요, 낙이요, 희망이다. 생각해보면 칠십 평생을 살아오는 동안 내가 가장 잘한 일이 제주올레를 만난 것이고 그 길을 걷기 시작한 일인지라, 내 남은 노년의 생활은 올레 여행을 계획하고 올레 길을 걸으며 행복하게 늙어가면서 유쾌하고 멋진 할머니로 살아가는 것이 마지막 소원이다.

나에게 가장 소중한 올레 길을 앞으로 얼마나 더 오래 찾을 수 있게 될지 아무도 알 수 없으나 내 체력이 허락하는 날까지 제주올레 길은 우리의 친구이며 치유의 길이며 내 살아가는 이유가 될 것이다.

앞으로 제주올레를 찾는 수많은 올레꾼들 중에 가장 고령의 올레꾼으로 남는 그날까지 우리의 멋진 올레 길은 앞으로도 쭈~욱 계속될 것이다.

9月

# 최 여사, 제주올레 길에서 몽골올레 길까지

김혜영

질풍노도의 이십 대가 지나 삼십 대가 되니 한결 안정된 직장생활과 여유로워진 금전 상황이 가장 큰 동기였겠지만, 과년한 딸이 '남들 다 하는 결혼'을 하지 않고 있어 언제 회수될지 모를 축의금을 주말마다 내느라 한껏 예민해진 최 여사를 위로해드리고자 시작했던 '효녀 콘셉트의 해외 여행'

남들에게는 '엄마를 모시고 다니는 착한 딸'의 이미지를 남기고, 최 여사에겐 '역시 딸 키우니 비행기를 태워준다'는 말을 몸소 증명하는 자랑스러움을 안겨드려 1년에 한 번, 서로가 윈 윈 하던 여행! 그러나 이 즐거움은 수년을 이어지지 못했다. 풍광만 바뀔 뿐 입출국의 불편함과 언어소통이 원활하지 않아 최 여사는 흥미를 잃기 시작했고 어느 해부터는 1년에 한 번, 연중행사로 으레 치르는 일상 중 하나가 되었고, 나에게는 해외 나갈 적마다 무조건 직진만 하는 최 여사 때문에 뒤에서 연신 "엄마 왼쪽, 엄마 오른쪽"을 외치고 다닌 터라 돌아온 뒤 여행 일수만큼 휴가를 내어야 몸이 회복될 지경이었다.

이런 여행이 무슨 의미겠냐 싶었지만 동창모임에서 손주 자랑, 사위, 며느리 자랑 잔치에 혼기가 꽉 차다 못해 혼치도 메말라버린 두 딸로 인해 최 여사의 움츠린 기를 살려드리는 건 오직 비행기 타고 여행을 떠나는 일뿐이었던지라, 봄이 되면 삭막한 대화 속에서 올해의 여행 코스를 잡던 어느 해 어느 날이었다. 여행을 콘셉트로 하는 예능 프로그램에서 출연자들이 '제주올레 길'을 걸었는데 그간 보지 못했던 제주 구석구석의 풍광이 신선하고 새롭게 느껴진 최 여사가 '저기 한번 가보자'고 급제안을 하였고, 하필 그 즈음 이직 준비로 시간 여유가 있던 내가 바로 오케이하여, '2009년 봄' 제주올레 여행이 결정되었다.

물론, 최 여사와의 제주행이 처음은 아니었다. 전 직장의 복리후생이 지나치게 좋았던 탓에 회사 지원 렌터카와 특급호텔을 저렴하게 이용할 수 있어 제주를 자주 방문했고, 최 여사도 동창, 지인들과 제주 여행을 1년에 한 차례씩 꾸준히 다녔다. 하지만 나도 최 여사도 렌트한 차 타고 도로를 따라 한 바퀴 빙~돌며 관광지를 구경하고, 돌하르방 사진 찍기로 제주 인증샷을 남긴 뒤 먹방 투어를 하던 게 전부였던 터라 "제주에 더 이상 볼 게 있어?"라며 식상해져서 해외로 발걸음을 돌렸다.

어느 해엔 가보지 못한 여행지를 가보자며 제주에서 한시적으로 살았던 선배에게 이곳은 꼭! 가라고 다랑쉬오름을 추천받았는데, 독특하고 구르기 좋은 발음과 달리, 종아리가 터질 것 같은 고통을 안겨준 가파른 언덕과 공중 부양할 것 같은 세찬 바람으로 풍광도 보지 못하고 가쁜 숨이 가시자마자 지쳐 내려온 고된 경험을 안겨주었다. 이후 제주 여행은 숙소-렌터카-관광지의 반복이었다.

TV에 나왔던 '제주올레'를 위한 여행은 기존 제주행과 사전 준비가 완전히 달랐다. 숙소는 호텔이 아닌 게스트하우스, 렌터카가 아닌 버스나 대중교통을 이용한다는 낯설음이 해외 여행급 사전 준비를 하게 하였고 제주올레가 막 시작된 무렵이라 인터넷에서 필요한 정보를 찾기 꽤 어려웠다. 공식홈페이지와 그간 다녀간 사람들이 만들어놓은 카페와 블로그를 통해 정보를 긁어모으고 다녀간 사람 수가 많고 평이 좋은 숙소와 맛집 등을 찾고 찾아 난생처음 관광과 휴식이 아닌 '제주올레를 걷기' 위한 제주 여행이 시작되었다.

다녀온 사람들의 정보로는 제주올레 1코스부터 시작하는 게 참맛이라고 했다. 공항에 도착하자마자 온평리 둥지펜션으로 택시를 타고 가 짐을 내려놓고 다시 택시를 타고 시흥초등학교까지 이동하니 시간은 이미 정오. 하지만 주변 식당은 전무하고, 오가는 사람조차 보이지 않아 이 길이 맞는지 망설이는 나와 달리 직진 최 여사는 "여기로 가는 거지?" 하시곤 곧장 밭 사이 길로 걷기 시작하였고 또 그 뒤를 놓칠 수 없었기에 허겁지겁 따라가다 보니 그 첫 걸음이 최 여사와 나의 첫 올레 길이었다.

유채꽃이 피는 계절이라 길가에 핀 기분 좋은 샛노란 꽃이 아침부터 시작된 피곤한 발걸음을 가볍게 해주고 난생처음 지도 없이 땅과 나무에 붙은 표식만으로 길을 찾는 생경함은 조금씩 새로운 것에 대한 흥미를 이끌었다. 아침부터 서두른 탓에 피곤할 법도 하지만 '제주올레'라는 것을 처음 접했던, 예능 프로그램에서 본 그 영상이 눈앞에 펼쳐진 순간, 아이같이 소리치는 최 여사의 모습에 웃음이 터졌다. "여기가 강호동과 이승기가 만세 부른 곳이야~!"

가는 길을 가로막는 소를 피해 길을 벗어나 돌아가기도 하고, 말들이 먹고 있는 당근이 맛나 보여 슬쩍 가서 하나를 가져와 최 여사와 간식으로 나눠 먹고, 시흥해녀의집에선 생전처음 보는 조개죽의 생경함에 "우리 배불러요~" 하고선 한 그릇만 시켜 나눠 먹었는데 두 그릇을 시키지 않은 것을 후회했고, 도착 지점에 미리 검색해둔 식당에서 오분자기 뚝배기를 먹었는데 주 메뉴보다 사장님이 직접

채취하셨다는 돌미역에 반해 서너 접시를 싹싹 비운 것까지 생생하게 기억난다.

생사고락을 지나 세상사 새로울 것이 없었던 환갑이 넘은 최 여사에게 난생처음 눅게 된 남녀 혼숙 게스트하우스의 체험은 수년간을 두고두고 꺼내는 '무용담'으로 남게 되었고, 그간 숱한 여행에서 외치고 다니던 나의 "엄마 왼쪽, 엄마 오른쪽"은 3일째부터 눈에 익은 올레 표식 덕분에 직진 최 여사 모드로 돌진하여 내 눈앞에서 최 여사가 사라져도 어느 풍광 좋은 정자에서 기다리고 있을 것이라는 여유로 변하게 되었다.

어느 날엔 혼자 길을 걷는 남자분과 몇 곳의 장소에서 우연히 만나다 보니 코스 말미쯤엔 두 분이 의기투합이 되어 그날 저녁, 삼겹살 파티까지 하게 되었다. 초로의 그분은 군대에서 곧 제대하는 아들과 함께할 산티아고 길이 예정되었는데 외국에서 아들에게 뒤처지지 않기 위해 미리 연습하러 온 것이었다. 요며칠 혼자 걷다 보니 입에 거미줄이 생길 지경이었는데 마침 최 여사가 말을 걸어주어 기뻤노라며 그날의 식사를 계산하시고 다음 날까지 같은 코스를 동행하게 되었다.

그렇게 5일 동안 여러 게스트하우스를 머물며 많은 사람들을 만났고, 하루이틀 경험치가 쌓이다 보니 어느 날부터 처음 올레 길을 걷는 여자분께 '경험담을 조언'하는 최 여사를 볼 수 있었다. 가만히 뒤에서 듣고 보니 본인이 먹었던 식당, 머물렀던 숙소를 알려주는데 그간 많은 여행을 다녔어도 어딜 다녀왔는지, 뭘 먹었는지 기억하는 것조차 귀찮아하던 최 여사가 칠천 원짜리 정식과 삼천 원짜리 국수, 만오천 원짜리 숙소의 장단점까지 모조리 기억하여 전달해주는 게 어찌나 놀랍고 기특하던지.

우리의 올레 여행은 예정된 날을 2일 남겨두고 이른 새벽 전해진 외조부의 부고에 급작스럽게 마감되었지만, 이후 방송에서 제주올레가 소개될 때마다 전화기를 붙잡고선 "저기 우리가 걸었던 곳이지? 그때 거기 맞지?" 하며 아이처럼 좋아하는 최 여사를 보노라면 왜 그간 쓸데없이 해외 여행을 갔을까, 깊은 자조감이 들기도 했다. 그래도 좋은 게 좋은 거 아니겠는가.

최 여사와 함께 걸었던 시흥리 소금밭, 우도봉 유채꽃길, 일강정 바당길, 해병대길, 알뜨르비행장에서 모슬포까지 고되게 이어지던 탈진의 기억까지.

모든 음식이 맛났고, 모든 숙소가 편했고, 모든 길이 기억나고, 모든 순간이 생생하게 떠오른다는, 수년이 지나도 멈추지 않는 최 여사의 올레 노래에 주변에서 점차 올레를 걷는 지인이 생겨났다. 그럴 때마다 올레 전문가처럼 본인의 경험담을 들려주는 귀여움에

"효도란 게 별거 아니었어. 부모님이 좋아하는 걸 해드리면 돼"라던 지인의 말이 생각났다.

시간이 지나고, 인연이 닿아 제주에 정착하게 되었을 때 '서울 직장을 버리고 낯선 곳으로 떠난 몹쓸 딸'이 아닌 '그토록 원하던 곳에서 삶을 시작하는 대견한 딸'로 포장될 수 있었던 건 함께 길을 걸으며 어느 순간 동화된 제주의 기운이 최 여사에게 여전히 남아 있었던 까닭이 아닐까?

어느 전화 통화에서 지나가는 말로 하신 "난 이제 가고 싶은 곳도 없고, 더욱이 비행기 타고 멀리 가는 것도 싫지만 딱 한 곳, 몽골의 사막, 게르 안에서 한 번 자보고 싶고 초원에서 말도 타고 싶다"는 말을 철석같이 기억해두었다가 유사 프로그램으로 진행되는 몽골올레 개장식도 턱~하니 신청하니 이 얼마나 기특한 딸이 아닌가.

무릎이 아파 이젠 짧은 올레 길 구간도 오가는 게 힘들다고 하셨지만 몽골올레가 확정되자마자 수영장에서 다리 힘을 기르고 있다는 최 여사의 귀여움이 오랜만에 떠나는 장거리 여행의 걱정의 무게를 덜어주고, 제주올레 표식이 몽골에서도 동일하게 통하여 "엄마 오른쪽, 엄마 왼쪽"은 어느새 사라지고 몽골 초원을 씩씩하게 걷는 최 여사. 수백 명이 함께 걷는 개장식에 참석하며 뒤처지지 않게 한 걸음 한 걸음 꾸준히 따라가 함께한 올레꾼들로부터도 감탄을 자아냈다고 하니, 어느새 칠순이 훌쩍 넘은 최 여사를 보며 2009년 제주올레의 첫 걸음이 생각나 나도 모르게 뿌듯해졌다.

새로울 것이 없던 여행의 틀을 벗어나 그 나이에 쉽게 도전하지 못했던 걷는 길 위의 여행에서 씩씩하고 활기찼던 최 여사. 그 덕분에 웃음이 많았던, 그래서 낯설지 않았던 제주올레 길이었다.

산티아고라는 곳을 처음 들었던 날로부터 다음 여행지는 그곳이라고 외쳤지만 이후 무릎 관절이 급격히 나빠져 한동안 걷지 못했던 터라 제주올레도 우리의 여행도 잠시 멈추었지만, 막연히 가고 싶다고 생각만 했던 곳으로의 여행이 현실이 되니 굽었던 등도 펴지고 남아 있지 않던 기운도 돌아온다고 하니, 그곳이 몽골일지언정 '올레 길'은 정말 만병통치약이 아닐까?

제주올레의 도전이 계속된다면 이 땅의 최 여사들의 도전도 계속될 수 있으리라는 희망을 가져보며 몽골뿐만 아니라 전 세계 곳곳에서 제주올레의 새로운 이야기가 만들어지길 기대해본다.

# 규슈올레, 내 인생도 바꾸고 일본도 바꾸고

이유미

올해는 제주올레가 생긴 지 10년, 규슈올레는 5년째가 되는 해다. 규슈올레는 어떻게 태어났던가.

나는 한국인으로 일본에서 교환유학을 한 것을 계기로 일본인과 결혼하면서 후쿠오카에 정착했다. 규슈관광추진기구에서 한국 담당으로 6년간 근무할 즈음 둘째를 낳고 육아휴직을 받았다.

때는 2010년, 집에서 주로 웹서핑에 전념하고 지냈다. 평소 시간이 없어서 읽지 못했던 여행 기사, 여행 블로그, 여행 동호회 글들을 자주 읽었고, '아이와 함께 여행을'이라는 카페에서는 규슈에 여행 오시는 분들께 답글을 다는 '유미짱'으로 활동하고 있었다.

그날도 웹서핑을 하고 있었다. 복귀 후에 어떤 테마로 규슈를 홍보할까 고민하며 열심히 눈을 굴리고 있을 때, 나를 사로잡는 기사가 있었으니 바로 제주올레였다. 지금은 '올레'를 모른다면 간첩 수

준이지만, 그때 나에겐 '올레'라는 말이 너무나 생소하고 신선한 단어였다. 제주 여행이라고는 고등학교 때 졸업 여행, 대학교 때 친구들과 다녀온 여행이 전부였는데 별로 깊은 인상을 받지 못했다. 그래서 내게 제주는 다시 가고 싶은 마음이 그다지 들지 않는, 소위 재방문 의사 '0'의 여행시에 불과했다.

그러나 제주올레를 통해 본 제주는 내가 봤던 제주가 아니었다. 한국에도 이렇게 아름다운 곳이 있구나 싶게 신선하고 눈부신 풍광을 가지고 있었다. 돌담 사이를 걸으며 제주의 바람을 느끼고, 해녀할망이 파는 쉰다리를 마시고 지역 분들과 이야기를 나누고 몸과 마음이 함께 행복한 여행, 이건 내가 지금까지 해보지 못한 여행이었다.

'그래~ 이거야! 규슈에서도 걷다가 현지 주민들과 만나는 살아있는 관광지를 만들자!'

심장이 뛰기 시작했다. 지금까지 대부분의 관광지는 큰 호텔이나 식당, 버스회사 같은 관광업계가 여행객을 상대로 돈을 버는 것이었다. 그렇기에 관광지에 사는 현지 주민들은 여행객들이 아무리 많이 와도 자신들에게는 아무 도움이 안 되고, 따라서 하나도 반가울 게 없었다. 하지만 제주올레 길은 유명 관광지가 아니더라도 걷다 보면 만나게 되고, 작고 허름한 동네 구멍가게에 들러 아이스크림을 사먹고, 누군가가 내어준 무인 카페에서 고마운 커피 한잔을 즐기고, 운이 좋을 땐 해녀할망의 숨비소리도 들어볼 수 있는 살아 있는, 정을 나누는 그런 여행이었다. 관광은 한자로 빛(光)을 본다(觀)라고 쓴다. 올레야말로 관광의 진면목이라는 생각이 들었다. 뜻이 있으면 길이 있고, 하늘에서도 도울 사람을 내려준다고 하더니 정말 그런가 보다. 육아휴직을 마치고 복귀한 후, 내 가슴속에 품은 올레 이야기를 수시로 꺼냈다. 그런데 어느 날 올레 길을 내고 싶다는 내 말에 제대로 맞장구를 쳐주는 사람이 나타났다.

"맞아요, 일본의 미야자키 아오시마 해변 같은 곳을 걸으면 죽이겠죠. 미야자키에서 3박 하고, 4박 하고 그럴 거예요. 제주올레 길을 완주하기 위해서 한 달 동안 제주에 체류하는 사람도 있거든요."

그러면서 제주올레와 다리를 놓아주겠다고 하는 게 아닌가. 자신과 친한 사람이 제주올레와 친하다는 것이었다. 그 은인은 바로 한국에 있는 참좋은여행사의 이상필 팀장님이고 제주올레와 친한 사람은 오마이뉴스 이한기 국장님이었다. 일은 일사천리로 진행되었다. 제주올레에 관한 여러 기사를 번역해서 해외부 부장에게 설명했다. 제주올레 관계자들을 규슈에 모시고 구체적인 이야기를 나누도록 초청 사업 예산도 받았다. 그런데 이 와중에 동일본 대지진

이 터졌다. 2011년 3월 11일이었다. 규슈에서 멀리 떨어진 동북지방에 큰 피해를 준 지진이어서, 규슈에는 직접적인 영향이 없을 것이라 생각했다. 그런데 그것은 나의 큰 오산이었다.

원자력 발전소가 피해를 입은 후쿠시마현과 규슈의 가장 큰 도시 후쿠오카현을 구분 못하는 사람이 대다수였다. 지진 피해를 입은 미야기현과 규슈의 미야자키현은 전혀 다른 곳이며 1,000킬로미터 이상 떨어진 곳이라고 아무리 설명해도 소용없었다. 외국 지명을 누가 토씨 하나 틀리지 않고 기억하겠는가. 안전 문제뿐 아니라, 방사능에 의한 먹거리에 대한 불안감도 커지면서 규슈는 거의 모든 여행이 취소가 될 정도로 큰 영향을 받았다. 규슈올레는 시작도 못해보고 끝나는 것인가. 그런데 발 빠르게 7개의 현지사님들이 팀을 구성하여 서울과 부산으로 급파한 '규슈 안심 캠페인'이 성과를 올리면서 규슈 여행 시장이 조금씩 회복되기 시작했다.

5월 말, 드디어 사단법인 제주올레 서명숙 이사장님과 안은주 사무국장님, 오마이뉴스 이한기 국장님과 참좋은여행사의 이상필 팀장님이 규슈에 오셨다. 일단 규슈의 대표적인 관광지인 아소, 구로카와 온천, 야바케, 유후인 온천 등을 돌아보며 가능성을 타진받기로 했다.

구로카와 온천 료칸에서의 첫날 밤, 급한 마음에 "규슈올레로

한번 밀어볼까요?"라고 말을 꺼냈다. 그런데 분위기만 싸해지고 안은주 국장님은 쿨한 표정으로 "한 번 다 보고 나서~"라고 하셨다. 마음이 더 조급해졌다.

둘째 날은 나는 함께할 수가 없었다. 둘째를 모유수유 중이었던 터라 2박 이상 출장을 갈 수가 없었던 것이다. 나와 함께 한국 담당을 맡았던 나의 상사 모치마스 상에게 인계를 하고 돌아서는데 무척 애가 탔다. 모치마스 상 또한 열심히 규슈를 홍보했고, 규슈올레로서의 가능성을 피력했을 것이다.

셋째 날, 우리는 다시 후쿠오카에서 만났다. 내일이면 돌아갈 텐데 불안했다. 지금 생각해보면 보여드린 관광지부터가 올레와는 맞지 않았다. 기존의 규슈 대표 관광지를 보여드리고 규슈올레가 가능하냐고 물으니, 정말 생뚱맞았을 것이다. 걷는 길을 보여드린 것도 아니고, 온천, 화산, 도시 관광을 보여드리고 올레 길이 가능하냐고 하니 말이다.

하지만 제주올레 이사장님과 국장님은 '규슈'를 본 게 아니고, 규슈올레를 이끌어 나갈 '사람'을 보신 것 같다. 모치마스 상은 낫토가 드시고 싶다는 이사장님 말 한마디에 료칸에 전화해서 낫토를 내달라고 부탁하고(일본에서는 위생과 자부심 측면에서 자신들이 준비한 음식 이외의 것을 내놓지 않는다), 최선의 일정을 마치기 위해 담당한 여행사를 독촉했다. 말이 통하지 않아도 올레 길을 내겠다는 열정과 적

극적인 노력이 행동에서 느껴졌을 것이다. 역사는 이루어져야 한다는 결의 하에 모치 상과 나는 마지막 밤을 불태웠다.

같은 해 8월, 제주올레-규슈관광추진기구 업무 제휴를 위해 제주를 찾았다. 규슈의 각 현에서 대표로 참석한 담당자로 이루어진 약 열 명이 제주올레를 걷고, 업무 제휴식에 참석했다. 제주올레를 걸어보지도 않고 규슈에 올레를 도입하겠다는 나의 무모함을 처음으로 느낀 날이었다.

제주올레 시찰을 위해, 제주올레 6코스와 제주올레 10코스, 제주올레 14-1코스를 걸었는데, 나의 저질 체력은 코스를 반도 다 걷지 못하고 고갈되었고, 각 현에서 참석한 담당자들은 규슈에는 이런 아름다운 길이 없다는 볼멘소리를 뱉어냈다.

'이렇게 아름다운 길을 만들 수 있을까?' 오름과 바다를 함께 보며 걷는데, 때로는 숲의 동굴 같은 나무 사이 길을 걷게 되고, 갑자기 가슴이 뻥 뚫리는 전망이 펼쳐진다. 원시림 같은 곶자왈을 걷다가 소와 말이 노니는 목장 안길을 걷는다. 다이내믹하고 스펙터클한 제주올레는 하루 종일 걸어도 지겹지 않은 길들이 끊임없이 나왔다. 용감하게 규슈올레를 도입하겠다고 했지만, 자신이 없기는 매한가지였다. '우리가 할 수 있을까…?'

제주를 다녀온 다음, 숨 가쁘게 규슈올레 코스 모집을 시작했다. 1차 모집에 신청한 코스는 총 24코스. 모치마스 상과 내가 나눠서 1차 심사를 시작했다. 단순히 관광지를 아스팔트로 연결한 코스는 바로 탈락, 15개 코스가 추려졌다. 다음 달 제주올레 사무국이 2차 심사를 해서 4개 코스를 뽑았고 이사장님과 사무국장님의 최종 심사를 거치면서 코스는 더 다듬어졌다.

2012년 2월 28일 드디어, 규슈올레 4개 코스가 탄생했다. 규슈올레 코스 오픈 기자 회견에서 규슈관광추진기구 회장님은 내년까지 코스를 10개 만들겠다고 말씀하셨다. 그때는 10이라는 숫자가 왜 그렇게 커 보였는지, 담당자 속을 알고 계시는 건지 회장님이 야속하기만 했다. 그러나 매년 4개, 3개, 2개씩 코스를 오픈하다 보니 어느덧 19개 코스에, 5년간 규슈올레 코스를 걸은 사람은 한일 양국을 합쳐 30만 명을 넘어섰다.

규슈올레 모든 코스에는 사연이 있다. 어느 하나도 쉽게 낸 길이 없다. 그리고 모든 코스는 나에겐 매번 처음 만나는 올레 길이었다. 한 번에 통과되는 코스는 거의 없었다. 10번 가까이 수정에 수정을 거듭하면서 코스가 완성되었다. 완성된 코스는 몇 번을 걸어도 "아! 이 코스 참 좋구나"라는 생각이 절로 든다. 정말 잘 만들어진 한편의 영화 같은 생각이 든다.

규슈올레를 통해 관광객이 제로였던 일본 지역에 한국인 올레꾼들이 모여들기 시작했다. 주민들은 처음에는 "이런 깡시골에 누가 걸으러 온다고~!" 하시면서 믿지 않으셨지만, 실제로 관광객이 오는 걸 보고 점점 어깨에 힘이 들어갔다. "우리 동네는 규슈올레 00 코스예요!" 자부심과 자존감이 회복되는 순간이었다.

이렇게 지역을 치유하는 올레의 힘은 사람도 치유했다. 규슈올레를 완주한 일본인 중에는 암 투병 중에 올레를 알게 되어, 올레 중독자가 되셨다는 분이 있다. 그분은 내가 아직 걸을 수 있다는 것, 코스를 완주한 뿌듯함이 두 번째 인생을 즐겨야 하는 이유가 되었다고 하셨다.

규슈올레 코스를 내기 위해 3년을 가슴앓이한 사람도 있다. 그는 내리 3년을 규슈올레 심사에서 탈락하자 '도대체 우리 코스는 무엇이 부족한 것일까'를 연구하기 위해 규슈올레 모든 코스를 완주했다. 4년째 되는 해, 드디어 미나미시마바라 코스가 개장되는 날, 그는 기쁨에 겨워 펑펑 울었다. 지금은 다른 부서로 이동하여 올레 담당이 아니지만, 규슈올레 마니아로서 홍보대사 노릇을 톡톡히 하고 있다.

제주올레에 비하면 규슈올레는 아직도 갈 길이 멀지만 최대한 시행착오 없이 그 길을 열심히 따라가는 중이다. 그래서 규슈올레는 여전히 진행중이다.

규슈관광추진기구에서 근무한 12년 근무 중 후반 6년 동안 올레와 함께했고, 그동안 총 19개 코스가 일구어졌다. 제주올레 서명숙 이사장님과 안은주 사무국장님, 그리고 사무국 식구들이 모든 것을 내어주는 큰 도움이 있었기에 가능한 일이었다. 규슈올레의 시작과 함께 태어난 우리 둘째 아이, 그리고 첫째 아이까지 모두 규슈올레 완주자이다. 나도 아이들도 올레가 이만큼 키워준 것 같다.

올해 3월, 나는 규슈관광추진기구를 떠나 후쿠오카에서 800킬로미터 떨어진 기후현으로 이사했다. 그리고 제주올레 일본지사장이라는, 가진 능력에 비해 막중한 임무를 부여받았다. 그동안은 한국인에게 규슈를 알리는 일을 했지만, 앞으로는 일본인에게 제주올레를 알리는 일을 하게 되었다. 또 일본 내에 올레를 통한 지역 활성화와 관련된 일을 할 예정이다. 매일매일 올레 길만 생각하고, 올레 일을 할 수 있어서 너무 기쁘다. 지금은 막 태어난 병아리에 불과하지만 미래에는 "제 인생의 8할은 올레가 키웠습니다"라고 자신 있게 말할 수 있는 날이 빨리 왔으면 좋겠다.

"내 인생을 바꾸고, 일본을 바꾼 올레 길 파이팅!"

# 내 앞에 펼쳐진 올레 길, 네가 황홀의 극치다

진정연

봄을 기다린다. 일관되게 무채색이던 거리에 화색이 도는 모습을 보며 봄을 기다린다. 점심을 먹고 나른한 하품을 하며 봄을 기다린다. 아직은 때가 아니라며 알싸한 공기 속에 숨어 있는 봄이란 녀석을 기필코 기다린다.

드디어 긴긴 겨울을 나고 봄이 내게로 왔다. 스멀스멀 가슴이 근질거리고 들뜬 마음이 진정되지 않는 걸 보니 봄이 온 것이 틀림없다. 벚꽃이 흩날린다. 앳된 소녀의 시폰 원피스보다 더 매혹적인 자태로 온 거리가 분홍빛으로 떠돈다. 샛노랗게 핀 유채꽃과 초록의 보리가 어우러져 제주의 봄은 눈으로 먼저 온다. 내 나이 마흔넷, 공자님이 말씀하시기를 어떠한 것에도 미혹되지 않는 나이라 하였으나 나는 봄 앞에서 무한정 흔들리기로 했다. 작정하고 매혹되기로 했다. 이 봄, 연애 소설을 읽듯 제주올레를 걷기로 했다. 언제나 그렇듯 나는 길 위에 서 있을 때 팔딱팔딱 뛰는 가슴을 느낀다. 그래서 오늘도 외친다! 올래? 올레! 나는 '두 발로 사유하는 철학자' 올레꾼이다.

되돌아보면 나에게도 그런 시절이 있었다. 아침에 일어나면 부리나케 출근하고, 하루 종일 업무와 씨름하다 퇴근과 동시에 쌓여 있는 집안일을 처리했다. 해야 할 일은 넘쳐났고 신경 써야 할 일은 끊이지 않았다. 나의 하루를 되돌아볼 시간도, 미래를 설계할 여유도 없이 그날이 그날인 양 매일을 되풀이했다. 늘 몸은 천근만근이고 눈꺼풀은 무거웠다. 그 시절 나의 유일한 탈출구는 여행 산문집을 읽는 거였다. 그러다 산티아고를 만났다. 가고 싶었다. 걷고 싶었다. 껌딱지마냥 붙어 있는 삶의 무게를 내려놓고 40일 이상을 길 위에서 보내는 사람들을 만나고 싶었다. 무엇이 그들을 팔딱팔딱 뛰게 하는지, 마르지 않는 열정을 샘솟게 하는지, 물어보고 싶었다. 그러나 현실의 나에게 산티아고는 너무 멀었다. 다가가기에는 너무나 먼 꿈이었다. 그저 책 속에서 만날 수 있는 환상이었다.

어느 날 신문을 읽다 한때 언론사 편집국장을 지낸 서명숙 제주올레 이사장님이 산티아고 길을 걸은 후 고향으로 돌아와 올레 길을 만들고 있다는 소식을 접했다. 올레? 예전에 집 앞과 동네 골목을 연결하던 작은 길 올레? 거리에서 대문으로 통하는 좁은 길? 그 올레를 이어 제주도 한 바퀴를 도는 트레일 코스를 만든다고? 참 당차고 기발한 생각이긴 한데 가능할까? 잠시나마 사람들의 이목을 끄는 반짝 이벤트로 끝나겠지. 신문을 덮으며 올레에 대한 관심도 덮었다. 제주에서 나고 자란 난 제주가 산티아고 못지않게 아름다운 길이 될 수 있다는 사실을 미처 알지 못했다.

올레꾼이 지나가니 소란스럽다, 제주에 와서 돈 한 푼 쓰지 않고 쓰레기만 버리고 간다, 한라산도 있고 오름도 많은데 굳이 아스팔트와 시멘트 길을 걸으러 올 사람이 몇 명이나 될 것 같으냐, 보이는 거라곤 바다와 하늘, 수평선밖에 없는 지루한 해안길에 볼 게 무어가 있다고 걸으러 오겠느냐, 제주올레가 처음 만들어질 당시 토착민들의 반응은 싸했다. 나는 올레 길 한 번 걸어보지 않고 은근슬쩍 그들의 생각에 편승했다. 그러고는 제주올레를 잊었다. 삶의 무게를 훌훌 털고 자유를 찾아 떠난 타인의 이야기에 부러운 시선을 고정한 채 다시 반복되는 일상의 익숙함에 안착했다.

제주올레가 완성되고 1년 정도 지났을 때 우연히 7코스를 걸었다. 일곱 살 아들의 손을 잡고 외돌개로 나들이를 간 날, 바닥에 그려져 있는 파란색 화살표에 호기심이 동해 무작정 따라 걸었다. 걷다가 그곳이 올레 길임을 알았다. 주황색 화살표는 반대로 걷는 걸

의미한다는 것과 곳곳에 붙어 있는 리본이 길잡이라는 사실도 알았다. 그날 나는 법환포구, 서건도, 악근천, 월평포구를 지나며 얼마나 많은 감탄사를 내뱉었는지 모른다. 관광지를 중심으로 점을 찍듯 자동차로 휙휙 지나칠 땐 보지 못했던 제주의 속살에 숨이 막혔다. 돔베낭길, 속골, 수봉로. 외계어 같은 낯선 지명들이 주는 신선함을 마음껏 음미했다. 멀고 먼 산티아고에 연정을 품고 정작 내가 있는 이곳, 제주의 수려한 자연을 진작 알아보지 못한 나의 무심함이 미웠다.

그날부터 틈만 나면 올레 길을 걸었다. 처음에는 구불구불 이어진 길과 제주 자연이 만들어낸 경치가 예뻐서 걸었다. 이런 곳에 이런 길이 숨어 있었네, 숨은그림찾기를 풀 듯 호기심 가득한 마음으로 걸었다. 내가 잘 안다고 생각했던 제주는 내가 알고 있던 것보다 다양하고 풍요로운 모습으로 내 앞에 나타났다. 걷다 보니 마음이 편안해졌다. 남들과 비교하며 앞만 보고 달려가는 이기적인 내가 보였다. 분주한 하루와 시간이 없다는 불평은 나의 욕심 때문임을 깨달았다. 걸으면서 많은 것을 내려놓았다. 생각을 많이 한다고 문제가 해결되는 것이 아니라 생각이 쉴 때 문제의 해답이 떠오른다는 혜민 스님의 말씀도 올레 길을 걸으면서 알았다. 생명이란 모든 사람에게 오직 일회적인 것이니 즐기려면 바로 이 세상에서 즐기라던

조르바의 외침도 올레 길이 깨우쳐줬다. 갔던 길도 시기에 따라 다르고 시간에 따라 다르다. 밥벌이가 지겹고 삶이 힘들다고 투덜대던 내가 어느새 태양 아래서 차례로 변하는 계절의 리듬을 즐길 줄 아는 사람이 되었다. 이렇게 걷는다는 행위는 치유가 되고 힐링이 되었다.

가을이 왔다. 여름 내 짙은 초록을 뽐내던 산과 들이 서서히 은빛 물결로 탈바꿈하는 시기가 왔다. 숨을 헉헉 몰아대게 만들던 열기가 부드러운 산들바람으로 탈피한 어느 멋진 날, 흰 구름 동동 뜬 파란 하늘 밑 바당올레를 걷는다. 바다가 반짝인다. 눈이 부시다. 바다가 춤을 춘다. 살물결이 인다. 눈이 시리다. 어쩌자고 가슴이 함부로 벌렁거린다. 시간을 낚고 있는 강태공들과 함께 멍하니 바다를 바라본다. 지나가는 자전거 부대에게 손을 흔들어본다. 거우개, 갯늪, 흰 동산, 거문머체, 끊임없이 무한 반복되는 해안길을 따라 하염없이 걷는다. 아직도 갈 길은 멀고 서서히 다리가 아파온다. 걸음을 멈추고 마음을 끄는 해안가 정자에 앉아 세상을 다 가진 양 호기를 부리며 탁 트인 바다를 바라본다. 바다와 수다를 떤다. 어떤 고민이 됐건 바다는 묵묵히 듣는다. 크고 작은 고민들을 바다에 털어놓고 다시 길을 나선다. 마음이 가벼워진 만큼 발걸음도 가볍다.

다시 길게 이어지는 아스팔트 해안도로를 걷는다. 제주 바다의 모습은 가는 곳마다 다르다. 바다의 색깔도 현무암의 모양도 바위가 만들어내는 풍광도 하물며 철썩이는 파도소리까지 같은 곳이 없다. 나는 그게 참 신기하다. 걷다가 구멍이 뻥 뚫린 거대한 노란색 커피잔을 만났다. 커피를 물처럼 마시는 기피 마니아인 나는 눈이 커진다. 노란색 커피 잔을 들고 앙증맞게 서 있는 돌하르방과 함께 브이를 그리며 사진을 찍는다. 가끔은 올레꾼도 관광객이 된다. 지나고 나면 낯간지럽고 촌스러운 이런 사진이 기록이 된다. 기록은 추억이 된다. 추억할 만한 것이 많다는 건 살 만한 인생이다. 해안도로를 걸으며 시시각각 변하는 바다 풍경을 즐기다 보니 어느새 남원포구에 도착했다. 드디어 종점이다. 자그마한 간세 한 마리가 내 가방에 매달려 경쾌하게 힝힝거린다. 덩달아 기분이 좋아진 나는 뻐근한 다리를 두드리며 으앙으앙 대답한다.

까칠해진 얼굴, 그을린 피부, 푸석해진 머릿결, 돌아봐야 할 경조사, 쌓여 있는 일거리, 줄지 않는 집안일, 이 모든 것들에도 불구하고 주말만 되면 올레 길을 찾는다. 올레 길 완주 3라운드를 끝냈다. 다시 4라운드를 시작했다. 누군가는 뭐가 그리 좋아서 길을 나서냐고 묻는다. 매번 다니는 길이 지겹지 않느냐고도 한다. 매일 보는 바다 새로울 것이 무어 있다고 볼 때마다 탄성이냐고 의아해한다. 처음에는 남들이 모르는 나만의 제주를 독차지하고 싶은 욕심에 걸었다. 제주 자연이 만들어내는 경이로운 풍경을 너무 늦게 발견한 안타까움에 걸었다. 이제는 그냥 올레 길이 그곳에 있기에 이끌려 걷는다. 끌린다는 것은 좋아하는 마음이 일어나 자석의 양극처럼 저절로 당겨지는 상태다. 시간의 흐름에 따라 변하는 하늘, 언제나 그곳에 있는 바다, 철썩이는 파도, 잿빛 현무암이 만들어내는 한 폭의 수묵화, 세찬 바람에도 절대 쓰러지지 않는 돌담, 돌담 사이로 이어지는 정겨운 길, 시골집 마당에 펄럭이는 빨래, 낯선 골목에서 만난 키 큰 나무, 이런 소소한 장면에 끌려 오늘도 길을 나선다. 올레 길을 걸으면서 그냥 지나쳤던 장면들에 애정이 생겼다. 무미건조한 일상에 한 줄기 바람이 분다. 특별함이 없는 지극히 평범한 내 삶을 관찰하고 감탄하고 감사한다. 올레 길 덕에 대수롭지 않은 나의 삶에 무작정 끌리는 중이다.

"쉽지 않죠. 바쁘죠. 왜 이렇게까지 해야 하나 싶죠. 바라는 게 더럽게 많죠. 쉬고 싶죠. 시끄럽죠. 다 성가시죠."

자이언티는 이럴 때면 듣고 싶은 노래를 초콜릿처럼 꺼내 먹으라고 읊조린다. 하지만 난 운동화 끈을 동여매고 길을 나서라고 말하고 싶다. 올레 길이 지닌 매력을 초콜릿처럼 야금야금 꺼내 먹는다.

그러다 보면 삶도 견딜 만하고 내 인생도 살 만하다. 영혼 역시 동물이나 마찬가지로 허파와 콧구멍이 있어서 산소가 필요하고 먼지나 안개 속에서는 호흡이 불편하다고 말한 사람은 니코스 카잔차키스다. 간질간질, 내 영혼에 바람이 분다. 으스름히 안개가 흐른다. 거리가 흘러간다. 영혼의 숨통을 틔우기 위해 올레 길을 찾아 나서야 할 때다.

새로운 날 아침, 난 다시 올레 길 위에 서 있다. '심쿵!' 하는 순간이 내 주변에 숱하게 많다는 게 참 행복하다. 이게 다 올레 길 덕분이다. 길에는 본디 주인이 없기에 길을 걷고 있는 자가 주인이라 했다. 나는 늘 길 위에 있을 때 내가 살아 있음을 느낀다. 그래서 오늘도 디오게네스의 선언을 외친다. Solvitur Ambulando! 걸으면 해결될 것이다!

황홀, 눈부심
좋아서 어쩔 줄 몰라 함
좋아서 까무러칠 것 같음
어쨌든 좋아서 죽겠음

해 뜨는 것이 황홀이고

해 지는 것이 황홀이고
새 우는 것 꽃 피는 것 황홀이고
강물이 꼬리를 흔들며 바다에
이르는 것 황홀이다

그렇지, 무엇보다
바다 울렁임, 일파만파, 그곳의 노을,
빠져 죽어버리고 싶은 충동이 황홀이다

아니다. 내 앞에
웃고 있는 네가 황홀, 황홀의 극치다

나태주 시인이 찬사를 보냈던 황홀의 극치, 시인 앞에서 웃고 있는 것은 무엇이었을까? 나는 나의 올레 길에 이 시를 바친다. 내가 걷고 있는 길, 내 앞에 펼쳐져 있는 길, 다들 빠름을 자랑하며 나를 다그칠 때 놀멍 쉬멍 간세 피워도 된다고 격려하는 길, 일상의 지리함에선 살짝 비껴서 있고 여행의 낯섦보다는 다소 익숙한 편안함과 설렘을 동시에 지닌 길, 때로는 평범한 일상을 설레는 여행으로 변화시켜주는 마법의 길, 아직 일어나지 않았거나 일어난다 해도 내가 해결할 수 없는 불필요한 고민으로부터 무장해제시키는 길, 기꺼이 일상의 행복을 공유하는 올레꾼들의 소소한 삶의 이야기로 나를 감동시키는 길, 나의 올레, 네가 황홀, 황홀의 극치다.

part 4

# 길 위에서
# 새롭게 나를 보네

# 그 겨울의 제주가 나에게 말하다

고하나

19년. 대학에 들어가면서 서울로 도망가기까지 딱 19년 걸렸다. 지루했던 시간을 보내고 탈출에 성공했다. 하지만 도망쳐 도착한 곳에도 역시나 낙원은 없었다. 서울에 도착한 첫날, 기숙사에 짐을 풀고 9호선 가양역 출구 앞에서 제주로 돌아가는 엄마와 마지막 인사를 나누던 순간부터 나는 너무나 불안했고, 우울했고, 어떤 날에는 억울했다. 가족의 울타리와 나고 자란 곳의 익숙함이 사라지니 해방감은커녕 막막하기만 했다. 나홀로 남겨진 첫날 저녁, 기숙사 근처의 어느 터널 속을 혼자서 터덜터덜 걸으며 펑펑 눈물을 쏟아냈다.

대학을 다니는 4년 동안 이따금씩 혼자 울었다. 하지만 함부로 비행기를 탈 수는 없었다. 집에 갈 때의 설렘보다 서울로 돌아올 때의 서러움이 더 컸기 때문이었다. 어쩌다 한 번씩 제주도에 갔다 오는 날에는 언제나 눈물 바람이었다. 김포공항에서부터 서울역까지

가는 공항철도는 사람 많은 공공장소에서 울어본 첫 장소가 되었다. 집을 떠나온 지 2년이 되도록, 그 철도만 타면 찔끔찔끔 눈물이 났다.

억울해서 우울했고, 우울하니까 억울했다. 그즈음이었다. 도망쳐온 곳으로 돌아가야겠다는 생각이 든 것은. 제주에서도, 서울에서도, 그 어디에서도 행복하지 않았으니까. 당장 어떻게 해야 할지 도저히 모르겠으니 처음으로 돌아가보기로 했다. 그곳에서 해결해야 할 뭔가가 있다는 것을 어렴풋하게나마 2년이나 지난 그때서야 알아차렸다.

대학교 2학년을 마치고 겨울이 되어 다시 돌아간 제주도. 내 기억 속 그해의 제주는 너무나도 추웠고, 또한 너무나도 따뜻했다. 나는 몸의 감각으로 그 겨울을 기억하고 있다.

많이도 걸었던 겨울이었다. 우선 매일 동네 도서관을 오고 갔다. 가방에 각종 자격증 수험서들을 잔뜩 싸들고 가서는 소설이나 읽으면서 시간을 축내곤 했다. 그럼에도 매일같이 도서관에 갔고, 매일같이 걸었다. 어느 날부터 도서관 옆 체육관의 야외 운동장을 걷기 시작했다. 도서관에서 책을 읽다가 그것도 싫어지면 바로 옆 체육관으로 뛰쳐나갔다. 트랙을 따라 걷다가 한 번씩 괜히 달려보기도 했다. 또 어느 날은 초등학교 졸업사진을 찍었던 큰엉(큰 언덕)의 산책로를 걸었다. 관광객들과 마주치면 나도 관광객인 척 사진을 찍기도 했고, 또 어느 날에는 아침 일찍부터 버스를 타고 가 성산일출봉을 오르기도 했다.

매일 정처 없이 걷다가 어느 날 문득, 올레 길을 걸어보기로 했다. 제주올레 5코스의 시작점, 남원포구부터 시작했다. 두 번의 이사는 있었지만 그래봤자 매일올레시장 안에서 움직였으니 19년을 살았던 동네였다. 그 포구를 시작으로 서귀포 올레시장에 도착할 때까지 걸었다. 고등학교에 들어가기 전까지 내 활동반경의 전부였던 길이었다. 며칠은 걸릴 줄 알았더니 어느새 다 걸어버렸다. 너무도 허무하게 딱 반나절 만에.

또 어느 날에는 대정읍의 산방산과 송악산 근방도 부러 찾아가서 걸었다. 열일곱 살 혹은 열여덟 살 무렵, 서글픈 날을 보내던 엄마가 나를 데리고는 잠깐씩 바람을 쐬러 오갔던 곳이었다. 엄마에게는 어떨지 몰라도 아이러니하게 그곳은 제주에서 내가 가장 좋아하는 동네이기도 했다.

그 겨울 나는 내 어린 시절을 걸었다. 매일같이 찾아갔던 도서관은 친구들과 시험공부를 한다고 우르르 몰려가서는 컵라면이나 끓여먹던 곳이었고, 그 도서관 옆 체육관은 어린이날 행사에서 공책 선물을 받고 싶어 기를 쓰고 달리기를 했던 곳이었다. 성산일출봉은 어린이집 다니던 때에 그때까지는 화목했던 우리 가족이 다같이

새해에 일출을 보러 갔던 곳이었다.

모든 곳이 그곳에 있었다. 엄마를 따라 버스 타고 다니던 옷가게도 그곳에 있었고, 나를 살찌웠던 떡볶이 가게도 그곳에 있었다. 고등학교 3년 내내 다니던 독서실도 그곳에 있었고, 내가 태어났다던 산부인과도 그곳에 있었다.

제주도에서 멀리 떠나기만 하면, 우리 집 형편이 어떻든지 간에 얼른 고등학교를 졸업하고 섬을 탈출하기만 하면, 그곳에서의 '나'라는 존재는 영원히 사라질 수 있을 줄 알았다. 억울하고 분했다. 왜 나는 성실하지 못한 아빠를 두었는지, 왜 오빠와 나는 많은 것이 없거나 부족했던 어린 시절을 보냈는지 많이도 억울했다.

아빠를 많이 미워했다. 딸이라는 이유로 어린 내가 울어도 아빠는 나를 쳐다보지도 않았다고 했다. 나를 세상에 있게 한 존재로부터의 외면은 나를 많이도 움츠러들게 했다. 엄마는 아빠로부터 나를 떼어놓지 못했다. 어느 날에는 엄마에게 제발 아빠와 헤어지면 안 되느냐고 말하기도 했다. 그럼에도 아빠 없는 자식으로 오빠와 내가 행여나 불이익을 당할까 봐 세상의 시선이 두려워 엄마는 꾸역꾸역 가정을 지켜나갔다.

당신의 딸은 크게 될 거라고 엄마는 굳게 믿었다. 아빠와 정말 헤어지려고 했던 그 어느 날에도 자식들이 눈에 밟혀 뛰쳐나가지 못했다고 엄마는 말했다. 그런 엄마의 기대를 나는 가뿐하게 뭉개버렸다. 대학에 들어간 뒤로 자꾸만 아래로 가라앉았고 나는 다만 그게 너무나 미안했다. 나의 엄마, 아빠는 그런 분들이었다.

왜 걸었느냐고 물으면 딱히 할 말은 없다. 굳이 얘길 하자면 그때는 가고 싶은 데를 갔고, 걷고 싶은 곳을 걸었고, 시간은 많고, 딱히 해야 할 일도 없는데 그냥 그저 그 길이 걷고 싶었다.

어쩌면 아빠와 함께한 몇 안 되는 기억 속을 나는 걷고 있었는지도 모른다. 살가운 부녀 사이는 아니었지만, 아빠는 어쩌다 한 번씩 물영아리오름에 나를 데려가고는 했다. 그곳에서 아빠는 책임감 있는 가장이 되겠다고 했고 어린 나는 그 거짓다짐들을 그대로 믿어버렸다.

일하느라 바빴던 엄마와 큰엉을 따라 걸었던 기억도 있다. 어느 따뜻했던 날. 큰엉을 걸으며 엄마와 아빠가 처음 만났을 때 이야기, 어릴 적부터 외갓집이 너무도 가난해 힘들게 살았던 이야기, 어린 날의 엄마가 바다 건너로 가 돈을 벌었다는 이야기를 했던 곳이었다.

1월과 2월의 겨울이 지나고 3월이 되어 다시 서울로 돌아왔다. 기숙사로 가는 공항철도에서 나는 금방 우울해졌다.

그럼에도 꾸역꾸역 서울에서 계속해서 살아갔다. 계속해서 자주 억울했고 많은 것이 무서웠지만 그래도 살아갔다. 누군가 나를 향해 형편없이 살고 있다고 욕할까 봐 두려웠고, 지금보다 더 없이 살게 될까 봐 겁났고, 내 뒷바라지하느라 고생스러운 시간을 견디는 엄마가 덜컥 큰 병에 걸려 내게서 떠나버릴까 봐 무서웠지만, 그럼에도 여전히, 제주가 아닌 곳에서 꿋꿋하게 살아가고 있다.

나는 여전히 제주사람이다. 주민등록상의 주소지는 서울로 바뀌었지만 서울에서 거주하는 제주사람이라고 스스로를 생각하며 살아가고 있다. 제주에서 머물렀던 그 겨울의 힘으로 살아간다고 하면 다른 누군가가 과연 믿을 수 있을지 모르겠다. 하지만 그 겨울 나는 걸었고, 그 겨울의 기억은 아직도 선명하게 내 기억 속에 남아 있다. 그때 찍었던 사진들도 여전히 내 휴대폰 사진첩에 담겨 있다.

그때 이후로 나는 자주 걷는다. 좋아했던 사람과 헤어졌을 때에도, 직장을 구하지 못해 이대로 내 인생이 끝나버릴까 봐 불안함으로 오들오들 떨던 때에도, 크고 작게 내가 무너져내릴 때마다 나는 걸었다. 걷는다는 게 무슨 고상한 의미를 지니고 있는지는 모르겠다. 여전히 제주는 내게 애증의 대상이며, 여전히 누군가를 미워하고, 여전히 실체 없는 대상을 향해 원망하고 있다. 다만 증오의 기억으로 가득했던 그곳이 비로소 애증의 공간이 될 수 있었던 건 온전히 그 겨울 덕분이었다.

나는 제주올레의 모든 코스를 걸어보지 못했고, 몇 날 며칠씩 오로지 올레 길만을 걷는 여행을 해본 건 더더욱 아니다. 다만 도망쳐 온 곳으로 돌아가야 했을 뿐이었다. 가족과 벗어나고픈 상황과 나를 움츠러들게 한 환경을 원망했던 어린 시절에서 한 걸음도 떼지 못해 그대로 멈춰 있는 나에게로 돌아가야만 했을 뿐이었다. 도망가지 않고, 그때의 나와 정면으로 마주해서 다시 시작해야만 했다. 그래야 그 어디에서라도 살아갈 수 있을 것 같았다.

'도망치지 마. 지금 여기, 지금 두 발로 딛고 있는 이곳에서 꿋꿋하게 견뎌야 해.'

그 겨울의 제주는 나에게 이것을 가르쳐주었다.

# 그 길을 따라 보았던 꿈

김예지

2017년 2월 겨울, 제주를 찾았다. 나는 작은 스케치북 하나를 들고 올레 길을 걸었다. 노래를 들으며 오름을 지나가기도 하고 구멍 뚫린 돌에 앉아 그림을 그리기도 했다. 올레 길은 자연을 통해 인간에 대한 이야기와 그들이 꿈꾸는 아름다운 이상을 들려주었다. 제주올레 20코스를 걸으며 느꼈던 소소한 감상 몇 개를 써내려가 보고자 한다.

스물두 살.

청춘, 진로, 꿈, 공부, 젊음, 많은 단어가 연상되는 나이이다. 자신의 꿈을 어느 때보다 진지하게 고민하는 시기이기도 하다. 올레 길을 걸으며 나 스스로에 대해, 특히 꿈에 대해 생각해보고 정리하는 시간을 갖고 싶었다. 앞으로 진정 하고 싶은 것이 무엇인지, 내가 열정을 가지고 있는 것이 무엇인지에 대한 답을 찾고 싶었다.

이상, 꿈.

에메랄드빛으로 펼쳐진 바닷길을 따라 걸었다. 바다는 고요하면서도 강렬했다. 너무도 아름다워 비현실적인 느낌이 들었다. 그리고 그 초월적 풍경은 내가 꿈을 이야기할 때 느끼는 순수한 열정과 닮아 있었다. 무한한 바다를 보며 느꼈던 벅차오름은 내가 진정으로 가슴 뛰고 압도당하는 꿈과 이상이 무엇인지 생각하게 했다. 그리고 그 순간, 자연의 거대함 앞에서 나를 괴롭히던 세상의 걱정과 불안들이 모두 사소해짐을 느꼈다. 정해지지 않은 미래에 대한 불안감, 사람들의 가치 판단적 시선, 인간관계, 외모… 평상시 너무도 크고 중요하게 느껴지던 것들이 모두 작아졌다. 그리고 가슴 뛰는 '무언가'만이 빛나기 시작했다. 이것은 예술에 대한 나의 열정을 떠올리게 만들었다.

그림을 그리는 것이 무서울 때가 있었다. 디자인대학교 진학을 위해 입시미술을 시작했다. 하지만 입시미술은 자유로운 예술과는 다른, 평가 지향적이고 형식적인 모습을 하고 있었다. 내가 생각하던 예술관과 입시미술과의 괴리감은 그림에 대한 열정을 잃게 만들었다. 입시가 끝난 후에도 쉽게 스케치를 할 수 없었다. 예술을 너무

17.1.19

나 사랑하기에 이 분야에서 상처받는 것이 두려웠고 다시 시작할 용기를 낼 수 없었다. '내 그림을 보고 비웃으면 어떡하지? 내 그림이 못 그린 그림이면 어떡하지?' 하는 걱정이 그림을 그리기 전부터 나를 괴롭혔다. 하지만 나에게 예술은 두려움 때문에 포기할 수 있는 것이 아니었다. 그리고 이 두려움을 극복하기 위해 노력해야 했다. 그래서 여행을 다닐 때마다 스케치북을 챙겼다. 처음에는 하루에 그림 한 장이라는 목표를 세웠다. 하지만 갈수록 개수에 상관없이 진정으로 표현하고 싶은 그림을 그리게 되었다. 올레 길은 스케치북을 들고 떠난 세 번째 여행이었다. 그리고 올레 길을 통해 두려움이 완전히 극복되었음을 느꼈다. '잘 그린 그림'은 묘사가 잘된 그림이 아니라 가치와 사상이 담긴 그림이며, 중요한 것은 평가를 위한 시선이 아니라 나의 열정과 이상, 진심이라는 것을 깨닫게 되었다.

올레 길의 숭고한 자연 앞에서 꿈에 대한 근본적인 물음이 떠올랐다. '나는 무엇을 위해 예술을 하는가?' 중요하지만 일상 속에서 잊고 있던 질문이었다. 그에 대한 답은 어려우면서도 간단했다. 더 좋은 세상을 만들고 싶기 때문이었다. 처음에는 나와 나의 감정을 표현하는 것에서부터 시작했다. 하지만 작품은 단순히 개인의 표현으로만 끝나지 않는다. 내가 다른 작가의 작품들을 통해 깨닫고 성장했던 것처럼 나의 작품이 다른 이에게 꿈을 실어주며 부조리를 비

판하기를 원하게 되었다. 가치를 담은 예술은 사람을 변화시키고, 세상을 변화시킬 것이라는 믿음 말이다.

바다 너머에, 웅장하게 돌아가고 있는 풍력발전기들을 보았다. 느리지만 걸으면 걸을수록 멀리 있던 것들이 가까이 다가왔다. 이것은 내가 걸어가야 할 과정처럼 느껴졌다. 현실에서 이상을 실현하는 것은 결코 쉽지 않다. 나는 이 길이 어떻게 펼쳐질지 불안하고 막막함을 느낀다. 그럼에도 나는 가슴속에 살아 있는 이상을 향한 떨림과 열정의 존재를 믿고 있다. 비록 이 열정을 어떻게 추구하고 표현해야 하는지, 그 방법을 찾기 위해 분투 중이지만 계속 노력하고 갈망하면 '무언가'에 점점 가까워지리라 믿는다. 스물두 살, 아직 정해져 있지 않고 불확실하기에 더욱 열려 있고 아름다운 것이라 믿으며.

가까이 다가가서 올려다본 풍력발전기는 너무나 거대했다. 고개를 끝까지 젖히고도 눈에 다 담기 힘들 정도였다. 엄청난 높이에서 느릿하게 돌아가는 새하얀 풍력발전기는 인간이 이룩한 문명과 이상에 감탄하게 만들었지만, 인간의 한계 역시 느끼게 했다. 나의 고민은 마을길을 걸으며 깊어져갔다.

사람.

바닷길을 따라 마을로 이어진 길은 제주의 집들을 보여주었다.

길을 지나며 집과 밭 주변에 쌓여 있는 돌들과 여러 번 마주쳤다. 삐뚤삐뚤 쌓여 있는 돌들은, 때로는 담장과 이정표가 되어주었다. 각기 다른 모양들이 쌓여 있는 모습은 그 돌을 쌓던 사람들의 모습을 상상하게 했다. 그들은 돌을 쌓으며 무언가(절대자일 수도 있고, 신일 수도 있다)에게 가정의 평화 혹은 자신의 꿈이나 소망을 기도했을 것이다. 그 기도와 소망이 숭고하게 느껴졌고, 그 생각까지 미치자 구멍이 숭숭 뚫린 못생긴 돌들이 너무나 아름다워 보였다.

우리는 가끔씩 인간 자체에 대한 한계와 실망감을 느낀다. 주변에서 보이는 이기적인 행동들과 스스로 해결할 수 없는 상황들로부터일 것이다. 이러한 나약한 모습은 인간 모두에게, 그리고 나에게도 존재한다. 우리는 같은 노력을 했어도 다른 결과에 열등감을 느낀다. 또한 해결책이 보이지 않는 문제와 너무 멀리 있는 듯한 이상에 절망하기도 한다. 이러한 한계는 인간의 가능성에 대해서 회의를 느끼게도 한다. 과연 이렇게 나약하고 결핍된 인간이 숭고한 이상, 진리에 도달할 수 있을까? 하지만 이러한 결핍된 인간 그 자체가 아름다운 것이 아닌가,라는 생각이 들었다. 부족함으로 인해 사람만이 할 수 있는 긍정적인 것들이 있다. 사람들은 자신의 힘으로 모든 것을 해결할 수 없기에 기원을 하며 돌을 쌓았고 그들 스스로 희망과 꿈을 만들었다. 예술 역시 그러하다. 나는 오직 인간만이 가능

한 것이 예술이라고 생각한다. 화가 살바도르 달리, 프리다 칼로와 마크 로스코. 그들 모두, 인간의 결핍과 유한함에서 나온 정서를 예술로 승화시켰다. 인간의 절망적인 한계에서 초월적인 에너지와 긍정적인 감정을 이끌어낸 것이다.

올레의 자연은 인간과 그들의 이상을 보게 했으며, 나아가 나의 꿈을 생각하게 했다. 초월적인 자연 앞에서 인간은 작지만 희망과 이상이라는 그들만의 꿈을 가지고 있기에 아름답게 다가왔다. 올레는 나의 스물두 살의 길이 되었다. 사람마다의 인생이 있듯, 각자의 올레 길이 있을 것이다. 올레 길을 방문하는 사람들이 올레를 통해 그들의 이상을 꿈꾸길 바란다.

## 425킬로미터의 올레 길에서 그림을 만나다

박지현

오늘 아침, 십 분마다 한 번씩 깨어나 시간을 확인했다. 왜 시계를 보는 걸까, 약속이 있는 것도 아닌데. 자다 깨다를 반복하다 마침내 지쳐서 일어나 거실로 나갔다. 창문을 여니 집 안으로 바람이 밀려들어왔다.

떠나고 싶다, 길을 걷고 싶다. 화구를 챙기고 카메라를 들고 집을 나서려는데 J가 같이 가자 한다.

"혼자 다녀올게."

올레 길의 마지막 코스는 혼자 가고 싶었다. 바람이 불어 그런가. 오늘 꼭 가야만 할 것 같았다.

성산항에서 배를 타고 우도에 들어갔다. 평소에도 관광객이 많은 우도는 여름 시즌이라 사람들로 가득했다. 우도항의 한 귀퉁이에 올레 간세가 있다. 올레꾼이 아니면 눈에 들어오지 않을 표지. 그런데 7, 8월에는 교통량이 증가해 올레꾼의 안전을 위해 올레 길을 통제한다는 안내문이 적혀 있다.

'괜찮아, 안전할 거야.'

복잡한 길에서 벗어나 올레 길에 들어섰다. 말똥과 흙이 한데 섞인 거무튀튀한 흙길을 지나 잡풀이 무성한 좁은 길을 걷는다. 풀은 허리까지 차올랐다. 두 팔을 양옆으로 펼치고 풀을 쓸며 천천히 나아갔다. 바람이 내 등 뒤를 쫓아왔다.

한 시간쯤 걸으니 인어 동상이 있는 하고수동 해변에 도착했다. 해변에 앉아 그림을 그렸다. 길을 걷는 동안 살살 불어오던 바람이 바다에선 천방지축이다. 종이를 꽉 붙잡고 그림을 그렸다. 하늘이 흐려 바다 물빛은 짙은 암녹색이다. 저 멀리 비양도가 보인다.

다시 길을 걷는다. 수많은 탈것들이 지나는 길을 나 혼자 뚜벅뚜벅 걷는다. 몸은 조금씩 열기에 쌓인다. 하늘이 흐려도 여름은 여름이다. 땀이 흐르고 바람이 식혀주고 또다시 땀이 흐르고 바람이 식혀주는 동안 우도봉 입구에 도착했다. 4킬로미터쯤 남기고 가장 힘든 길을 오른다. 다리가 무겁고 뜨거운 숨이 쉴 새 없이 몰아쳐 나온다. 하지만 참는다. 정상에 오르면 바람이 지금의 고통을 해갈해 줄 것을 아니까.

계단 꼭대기에서 우도 등대까지 가는 길이 가장 좋다. 왼쪽은 푸른 바다, 오른쪽은 드넓은 초원이다. 등대에 이르니 시원한 바람이 지금까지 걸어온 여정을 단박에 씻어주었다. 그 자리에 주저앉아 바람에 모든 것을 맡긴다.

등대에는 아무도 없다. 이제 정말 길이 얼마 남지 않았다. 스케치북을 꺼내 눈앞에 우뚝 서 있는 백 년 된 등대를 스케치했다. 아무도 없는 바람 부는 자리에 있으니 세상 꼭대기에 있는 듯하다. 나와 등대, 바다만 있는 것 같다. 저 멀리 항구가 보이고 제주 본섬이 보인다.

'이제 정말… 길이 끝나는구나.'

다른 사람들은 어떨까. 길고 긴 여행을 마칠 무렵 마지막을 눈앞에 두면 어떤 마음일까. 나는 올레 길을 걸을 땐 마지막 무렵엔 거의 아무 생각도 하지 않는다. 머릿속을 하얗게 비우고 오로지 길을 걷는다.

바람은 여전하다. 오늘은 온종일 바람이 분다. 문득 고개를 드니 바다 건너 성산이 보인다.

'그래. 나는 이 길고 긴 여행을 저 성산에서 시작했지. 얼마 되지 않은 것 같은데 벌써 석 달째구나.'

마침 정자가 있다. 시계를 보니 마지막 배를 타고 나가려면 삼십

여 분밖에 남지 않았다. 알람을 맞추고 그림을 그렸다. '그릴 수 있을 때까지 그리자.'

우연이다. 이 여행의 처음에 성산을 그렸는데 마지막에도 성산을 그리고 있다. 처음과 끝은 같은 걸까.

바다는 물길이 세차게 흐르고 있다. 다시 걷는다. 배를 탄다. 본섬에 도착한다. 주차장까지 걸어간다. 집으로 간다. 그런데 너무 졸리다. 어젯밤에도 늦게 자고 아침에 일찍 일어나 하루 종일 걷다 보니 이제야 긴장이 풀리고 졸음이 밀려온다. 잠을 깨기 위해 노래를 부르기로 한다.

"돌아보지 마, 내가 안타까워서."

노래는 멈춰졌다. 더 이상 부를 수가 없었다. 왜 하필 이 노래가 떠오른 걸까.

'왜 눈물이 나는 걸까.'

졸음은 어디론가 달아나고 이번엔 눈물이 시야를 가린다. 차를 멈추고 실컷 울다 가고 싶다.

'그런데 왜 우는 거야.'

그렇게 올레 길 여행을 모두 마쳤다.

다시, 올레.

봄이 오면 올레 길이 떠오른다. 아마도 살아가는 동안, 매년 봄마다 올레앓이를 할 것 같다.

나와 내 인생은 올레 길을 걷기 전과 걷게 된 후로 나뉜다.

올레 길이 무엇이길래, 누군가 묻는다면 나는 이렇게 답하겠다.

"내가 꿈꾸는, 내가 원하는 여행의 모든 것."

길을 걷는 것, 그것도 아주 긴 길을 홀로 걷는다는 건 쉬운 일은 아니었다. 체력적 한계에 부딪쳐 길에서 주저앉는 것이라면 차라리 괜찮다. 올레 길을 혼자 걸으며 가장 어려웠던 건 혼자 걷는 두려움이었다. 길을 걷겠다고 이른 아침 눈을 뜨고도 그 두려움 때문에 얼마나 많이 망설였는지 모른다.

올레 길을 완주한 후에도 나는 끝내 두려움을 이기지 못했다. 애초에 그것과 싸울 생각조차 하지 않았다. 그것은 싸울 대상이 아니다. 올레 길 대장정의 마지막 걸음을 길 위에 찍었던 그 순간 나의 가장 큰 기쁨은, 더 이상 걸을 길이 남아 있지 않다는 것, 이젠 이 길을 다시 걷지 않아도 된다는 것이었다.

나는 정말 지쳐 있었다. 그 이후 얼마 동안 나는 아무것도 하지 않았다. 집 안에 파묻혀 며칠을 지내며 집 밖으로 한 발짝도 나가지 않았다.

그러던 어느 날 아무 이유 없이 툭, 눈물 한 방울이 떨어졌다.

'어라? 왜?'

나는 그 눈물이 어이없었는데 이내 자리에 주저앉아 펑펑 울었다. 그리고 내 눈앞에 펼쳐진 길, 425킬로미터의 제주올레 길.

흙길, 돌길, 진창길, 때론 아스팔트. 평탄하고 구불구불했던 그 길들. 좁은 골목과 돌담, 들판과 오름, 넓은 바닷길. 그 길에서 수없이 만났던 바람과 낯선 모습들. 그리고 길 끝에서 만나는 저녁의 일몰, 아름답지만 쓸쓸하고, 황홀하지만 외로웠던 그 하늘이 하나하나 떠올랐다.

나는 자리에서 일어나 컴퓨터 앞에 앉았다. 몇 날 며칠 그 길에 대한 길고 긴 이야기를 토해내기 시작했다. 그러고 나면 더 이상의 아쉬움도 미련도 없어 덜 그립고 덜 떠오를 줄 알았다. 그런데 아니었다. 그것만으론 다 채울 수 없었다. 나는 도저히 올레 길을 당해낼 수가 없었다.

그림을 그리기 시작했다. 빈곤한 나의 언어로는 미처 담아내지 못하고 당해낼 수 없는 올레 길을 그리고 싶었다. 그림을 그릴 수 있다면 이 시간을, 이 공간을, 이 기억을, 이 아름다움을 좀 더 붙들 수 있을 것만 같았다. 혼자서 그림을 그리기 시작했다. 그림을 배운 적이 없고 어릴 때부터 그림엔 젬병이라 그림을 그리고 싶다는 바람만 있을 뿐 어떻게 그려야 하는지에 대해선 아무것도 몰랐다. 석 달을 골방에서 고군분투하며 끈질기게 그림을 그리다 밖으로 나갔다.

눈앞에 길이 있다. 골목과 마을, 오름과 바다가 펼쳐져 있다. 그걸 붙잡아 그림을 그릴 때의 설렘과 감동은 길을 걷는 여행자에게 주어지는 또 다른 선물이었다. 나의 스케치북에 고스란히 남은 시간과 공간, 기억을 거듭 들여다보는 것은 여행이 남긴 값진 기념품이었다.

나는 그림쟁이가 아니고 그림쟁이가 될 수 없으며 앞으로도 그럴 것이다. 자연을 사랑하고 여행을 좋아하는 평범한 글쟁이로서 날마다 제주 구석구석을 걷고 보고 느끼며 현장에서 그림을 그리고 있다.

한여름엔 땡볕 아래서, 바람 부는 날엔 종이를 꼭 붙들고 겨울엔 시린 발을 동동 구르며 그림을 그리고 있다. 하지만 땡볕과 바람과 추위에서 나를 이기게 만드는 건 제주의 바다와 오름, 나무와 숲, 작은 마을과 돌담, 그리고 그것들을 그리는 나였다.

내가 여행하면서 그 자리에서 그림을 그리는 이유이다. 그리고 내 인생을 그림 인생으로 바꾼 올레 길, 그 올레 길을 사랑하지 않을 수가 없다.

나는 아마 매년 봄마다 다시 올레 길을 걷게 될 것이다.

# 올레 길, 끝이 아닌 시작을 위해

윤인아

막 휴학하여 시간은 많지만 돈은 없던 평범한 이십 대 초반의 대학생이던 나는, 수학 여행 이후 처음으로 제주에 발을 디뎠다. 그때는 고등학교 친구들과 계획한 3박 4일의 일정이 나홀로 6개월로 늘어나 스물두 살의 절반을 제주에서 보내게 될 줄은 정말 꿈에도 몰랐다.

중학교 때의 수학 여행 추억은 렌터카로 여기저기 다니며 더 자유롭고 묘하게 설레는 기분을 만끽하게 되면서 새로운 추억으로 다시 쓰이게 되었다. 그러다 3일째 되던 날, 게스트하우스에서 친해진 또래들과 함께 호기심에 스쿠터를 게스트하우스 앞에서 운전해보다가 100미터도 못 가서 넘어지는 바람에 살짝 기스가 났다. 무면허였던 나는 이런 일이 처음이라 덜컥 겁부터 났다. 하지만 나는 그 상황을 책임져야 했다. 그런 나에게 수리비 47만 원은 너무 가혹하고 감당하기 어려운 금액이었다. 탈없이 잘 놀다 오라던 아버지의 말씀과 걱정스러운 눈빛으로 나를 배웅하던 어머니의 얼굴이 자꾸만 떠올라 나 스스로 해결하려고 마음먹었고 3박 4일의 일정을 마치고 친구들이 올라간 뒤 비행기를 10일 연장하여 나 혼자 덜렁 제주에 남게 되었다.

나의 무거운 사정을 잘 알던 게스트하우스 사장님께서는 미술을 전공한다는 나의 이야기를 듣고 조금이나마 도움이 되고 싶으셨던지 게스트하우스 한편에 벽화를 그려보면 어떠냐고 제안하셨다. 그거면 스쿠터 수리비도 조금이나마 해결이 되지 않겠냐면서. 나도 내가 그나마 잘할 수 있는게 그림이라 생각하여 바로 작업에 들어갔다. 친절한 게스트하우스 사장님께서 잘 챙겨주시고 모든 걸 나를 믿고 맡겨주신 덕분에 나는 자유롭고 편안한 분위기 속에서 작업할 수 있었다. 다행히 작업비도 넉넉히 챙겨주셔서 게스트하우스에서 열흘을 꽉 채우며 스쿠터 수리비도 해결할 수 있었다. 나 혼자 이 어려운 일을 해결했다는 성취감은 평생 잊지 못할 것 같은 뿌듯함을 안겨주었다.

돌아가는 날에 사장님은 제주에서 손님하고 잘 지내기도 하고 앞으로 내가 좋아하는 그림을 실컷 그렸으면 좋겠다는 말을 하셨다. 그 말이 잊히지 않아 한 달 뒤 나는 제주로 짐을 싸들고 내려왔다.

제주에서 나는 비로소 내가 정말 성인이 된 것만 같은 느낌이 들었다. 나 스스로 해결할 수 있는 게 무수히 많을 거라는 생각에 무턱대고 제주로 다시 오게 된 것이다. 매일 전국 각지에서 온 20명이 넘는 다양한 직업군의 사람들과 한곳에 모여 저녁마다 즐겁고 유쾌한 이야기를 나누면서 세상물정에 조금씩 눈이 떠지고 관심사도 넓어졌다.

제주에서 여유로운 생활을 하면서 나는 하고 싶은 것도 많아졌다. 우선 제주에서 운전면허학원을 다니며 면허를 땄고 스쿠터를 장기대여하여 곳곳을 다니며 그림을 그렸다.

스쿠터로 웬만한 도로를 다 다녔다고 생각했을 때 제주도를 구석구석 더 돌아보기 위해서 올레 길을 걷기로 마음먹었다. 대단한 준비를 한 게 아니라 즉흥적으로 올레 길을 가야겠다 싶어 배낭만 가볍게 싸들고 나왔다. 하지만 그림도구만은 꼼꼼히 챙겼다. 나름 가볍게 챙겼다 싶었는데 그날그날 숙소를 정해서 짐을 다 들고 이동을 해야 했기 때문에 날마다 어깨를 파고드는 고통은 좀처럼 적응이 되지 않았다. 하지만 배낭으로 어깨가 단단해진 만큼 내 마음도 단단해지는 것 같았다. 아버지는 항상 학교보다 밖에서 배울 게 많을 거라고 다양한 곳을 보고 경험하고 느끼라고 하셨다. 나처럼 그림을 그리는 사람은 사소한 하나하나가 영감이 되고 기록이 되며

내 작업의 원천으로 자연스레 이어질 거라는 믿음으로, 힘들고 포기하고 싶은 순간도 많았지만 꿋꿋하게 425킬로미터를 완주할 수 있었다.

내가 생활하던 표선의 제주올레 4코스를 시작으로 올레 길의 발걸음을 내딛게 되었다. 처음부터 최장거리 코스를 걸은 셈이지만 내가 생활한 주변 반경 동네들을 더 구석구석 알 수 있어서 시간 가는 줄 모르고 즐겁게 걸었다. 다음 날 제주올레 5코스에서는 쨍한 아스팔트 바닥에 털썩 주저앉아 거친 파도를 그리고 있는데 누군가가 내 옆에 앉아서 말을 걸었다. 내 주변에 있는 이름 모를 작은 풀들의 이름과 사연까지 구구절절 해박하게 꿰고 있어 내가 몰랐던 지식들을 전해준 그분은 제주올레 5코스를 관리하는 지킴이분이셨다. 올레 길 초반부터 운 좋게 올레 길에 대해서 많은 정보들을 들을 수 있었고, 지금도 지나가다가 그 작은 풀들을 보면 그분이 어렴풋이 생각날 정도로 특별한 추억을 가질 수 있었다. 제주도 남쪽의 올레 길은 쨍쨍한 하늘과 푸르게 빛나는 바다의 향연이었다.

날씨가 흐리면 가끔 검은 파도가 나를 곧 덮칠 것 같은 때도 있었지만 아스팔트가 아닌 흙길이나 바윗길을 걷는 것도 모험하는 것마냥 즐겁기만 했다. 남쪽 올레 길은 꽤나 유명한 코스와 관광지가 많아서 다양한 사람들을 마주하기도 했다. 올레 길 위에서 손을 꼭 잡은 노년부부를 지켜보면서 가슴 뭉클한 감동이 밀려오기도 했고 올레 길을 걷게 된 수많은 사연들도 듣게 됐다. 올레 길 위에서 서두르는 사람들은 없었다. 한결같이 온화하고 평화로웠으며 여유롭게 주변 풍광을 바라보며 미소 짓고 있었다. 나는 내가 제주올레 4코스를 얼마나 바쁘고 조급하게만 걸어왔나 돌아보게 되었다. 길은 가다 딸 같아서 챙겨주시는 작은 간식들 덕분에 마음이 풍요로워짐을 느꼈다. 이제 막 시작하는 나를 응원해주시는 많은 분들의 목소리들이 올레 길 완주까지 이어지게 만들어주었다.

그중에 가장 인상 깊은 코스는 제주올레 10코스였다. 그림의 색감이 가장 많이 두드러진 코스이기도 하다. 아무래도 길 위에서 그림을 그리다 보니 여건이 좋지 않아 가벼운 크로키로 대체되어 마음에 들지 않는 그림이 더 많이 나올 수밖에 없는 상황이었다. 변덕스런 제주 날씨에 노트를 꺼내는 일이 드물기도 했다. 비라도 갑자기 내리면 그동안 그린 그림들이 금새 홀딱 젖어버리니 날이 조금만 흐려도 노트를 꺼내지 않고 묵묵히 걷기에 바빴다.

하지만 제주올레 10코스에는 한 장면 한 장면 놓치고 싶지 않은 풍경들이 있었다. 그곳의 색감은 짙은 초록과 연두가 자연스럽게 이어지고 하늘은 청아하게 맑아 구름 한 점 없었으며 바위의 짙은 무채색 색감이 밝은 원색보다 더 튀어 한눈에 제주도의 특징이 부각되어 더욱 마음에 들었다.

열 명 남짓 되는 할머니들이 밭에서 한창 흥겹게 노래를 부르며 밭일하는 모습을 그리기도 했는데 마을 사람들이 죄다 모여 구경을 나오기도 했다. 나는 아직도 그 그림을 보면 할머니들의 흥겨운 노랫소리가 절로 떠오른다.

제주 하면 또 빼놓을 수 없는 것이 오름이다. 올레 길을 걸으며 이름조차 들어보지 못한 많은 오름들을 지나가게 됐다. 가지각색의 매력들과 재미있는 이름들 때문에 그 오름들을 잊지 못하는데 그중에 문도지오름이 으뜸으로 기억된다.

배가 부를 대로 부른 방생된 말들이 높고 드넓은 초원 위에 한가로이 풀을 뜯고 있는 풍경을 보고 있노라면 말도 배가 부르는 계절이라는 '천고마비' 한자성어가 절로 생각나기도 했다. 아래로 시선을 돌려보면 빼곡하고 거뭇한 나무들이 울창하게 펼쳐졌다.

산 아래로 내려오면 제주만의 특징이 가득 묻어나는 곶자왈들의 향연이 눈부시게 빛났다. 곶자왈이라는 어감은 처음 딱 들었을 땐 낯선 느낌이었으나 곧 머릿속에 콕 박혀 곶자왈의 이미지가 두드러졌다. 그곳은 하늘이 보이지 않을 정도로 울창하고 깊은 숲속 같은 느낌이었다. 어릴 적 읽었던 동화책의 가장 무서운 한 장면 속을 지나가는 느낌이었다. 그러다 보니 휴대폰도 잘 터지지 않고 인적이 드물어 오히려 인기척이라도 난다 싶으면 더 소스라치게 놀랐던 곳이

2004.10.14. PM12:00 홍대 1코스 보호봉 옆 마늘밭.

기도 했다. 하지만 고요하고 풀 냄새 가득했던 그 숲의 느낌은 목적지도 없이 먼 곳에 온 것 같은 착각을 불러일으키게 만들었다. 그곳은 현실판 판타지 영화 속에 들어와 있는 느낌도 들게 했다. 올레 길을 다시 간다면 곶자왈에 한 번 더 가고 싶다.

가장 무서웠던 코스는 제주올레 9코스가 아닐까 싶다. 그곳도 곶자왈과 같이 휴대폰이 안 터질 정도로 깊은 산속이었는데, 방생된 소들이 길을 턱 가로막고 있었다. 한 마리도 아니고 대여섯 마리의 집채만 한 소들이 좁은 길을 가로막고 있는데 그 엄습하는 공포감은 이루 말할 수 없을 정도였다. 한참을 그 길에서 굳어 있다가 정신을 차려 길을 지나갈 방법을 모색했다. 휴대폰이 터지는 곳까지 되돌아가 제주올레 사무국에 전화했더니 소가 온순하니 그냥 지나가도 된다고 했다. 그 말에 한결 안심은 했지만 숨을 죽이면서 그 길을 지나갔던 두려움은 아직까지도 생생하다. 제주올레 9코스에서 비를 맞으며 걷다 보니 제주에서 급하게 샀던 값싼 운동화가 닳고 닳아 양말까지 구멍이 났다. 운동화를 이 지경까지 신은 것은 처음이었다. 올레 길을 걷는 내내 내 발은 물집으로 만신창이었다.

하루는 시내로 나가 닳을 대로 닳은 운동화를 버리고 올레 길에 적합한 가벼운 트레킹화를 구매했다. 숙소에서는 올레 길에서 꼭 필요할 거라며 바늘과 작은 과산화수소, 그리고 실을 나에게 주었는데 정말 물집이 잡힐 때마다 요긴하게 쓰였다.

고단한 몸을 이끌고 도착한 숙소에서 녹초가 되어도 사람들과 올레 길 이야기를 할 때면 나도 모르게 신이 났다. 내 이야기를 들어주는 사람들의 눈이 반짝반짝 빛나는 게 느껴졌다.

사람들은 내가 올레 길 위에서 그린 그림들을 보고 자신도 올레 길을 걸은 것 같다며 가까운 시일 내에 꼭 걷고 싶다고 했다.

나는 올레 길을 걷기 전까지는 하고 싶은 일을 하기보다는 해야 할 일만 해왔다. 하지만 길을 걷고 나서는, 내가 무엇을 하고 싶은지를 좀 더 구체적으로 그리기 시작했고 하고 싶은 일들은 더 많아졌다. 다시 학교로 돌아온 뒤 머릿속에 담아온 제주도의 기억을 큰 캔버스에 그려내면서 나 스스로 올레 길 위에서 많이 성장했음을 느꼈다. 제주에서 홀로서기를 하면서 비로소 성인의 문턱에 발을 내딛게 된 것 같았다. 무엇보다도 올레 길을 시작으로 어떤 도전도 두려워하지 않는 단단한 용기를 얻어갔다. 이십 대의 올레 길에서 나는 많은 것을 스스로 해냈다. 현재 코스도 다양하게 늘어가고 제주도 조금씩 변하는 만큼 올레 길이 어떻게 변화할지 그 앞날이 더욱 궁금해진다.

나는 제주올레 길의 완주증을 발급받으면서 이게 끝이 아니라 시작이라는 것을 직감할 수 있었다.

놀멍 쉬멍 걸으멍
# 나의 제주올레

초판 발행 2017년 9월 8일

엮은이 (사)제주올레
펴낸이 김정순
책임편집 배경란
본문사진 (사)제주올레
디자인 김수진
마케팅 김보미 임정진 전선경

펴낸곳 (주)북하우스 퍼블리셔스
출판 등록 1997년 9월 23일 제406-2003-055호
주소 04043 서울시 마포구 양화로 12길 16-9(서교동 북앤드빌딩)
전자우편 editor@bookhouse.co.kr
홈페이지 www.bookhouse.co.kr
전화번호 02-3144-3123
팩스 02-3144-3121

ISBN 978-89-5605-816-0 (03810)